판다 정신

곽재식 지음

느리게

씩씩하게

행복하게

판다에게서 배우는
나의 지속 가능한 미래

생각정원

프롤로그

산 길을 걷다가 우연히
판다를 만난 것처럼

나는 가수 최고은 선생님이 진행하는 〈밤은 음악이야〉라는 라디오 방송에 출연해서 생물에 대한 이야기를 매주 한 적이 있다. 프로그램이 시작된 첫 방송 때부터, 마지막 방송을 하고 종영할 때까지 빠지지 않고 매주 밤마다 생물 이야기가 이어졌다. 그 내용은 한 주에 한 가지씩 여러 가지 동물, 식물에 관한 사연들, 과학 이야기들을 한 시간 정도 나누어 보는 것이었다.

처음에는 "밤은 음악이야"라는 제목에 맞게 잔잔한 분위기에서 삶을 돌아보고, 마음을 정리해 볼 수 있는 자연에 대한 이야기를 하는 듯한 분위기였던 것 같다. 그러나 회차가 몇 번 지나다 보니 어느새 "불타는 금요일 밤에 어울리는 동물 이야기"라는 식으로 방송 분위기가 조금 변했다. 얼마 지나지 않아 방송은 왁자한 분위기에서 동물, 식물에 얽힌 여러 가지 웃기고 재미난 이야기를 신나게 떠드는 시간이 되었다. 라디오 프로그램 중에 이런 방송이 드물어 신선했기 때문인지, 여러 청취자들께서 중독성 있다며 즐겨 들어주셔서 무척 감사했다.

그런데 하루는 이 방송에서 판다에 대해 이야기하게 되었다. 그래서 판다에 대해 이런저런 자료를 조사해 보게 되었고, 방송의 담당 작가님이 보내 준 자료도 이것저것 읽어 보게 되었다. 마침 그 무렵 한국에서 '판다 영상 보기', '판다 구경하기' 유행이 갑자기 불어닥쳤다. 그 덕택에 나는 다른 방송 프로그램에서도 판다에 대한 이야기를 나누는 역할을 또 맡게 되기도 했다. 그런 이유로 한동안 판다에 대한 여러 가지 책, 기사, 논문에 한동안 빠져 지내야 했다. 모르던 사실을 알게 되어 신기하기도 했고, 생각보다 심각하고 복잡한 문제에 대해 고민하는 계기가 되기도 했다.

며칠이 흐르고 나니, 처음에는 웃고 지나가는 금요일 밤 라디오 프로그램 속 판다의 이야기에서 시작된 생각이 조금씩 넓어져 다양한 여러 가지 사연에 연결되어 닿게 되었다. 나는 판다에서 출발해 인생, 삶, 사회에 대한 고민에 도달한 여러 가지 생각에 한참 휘말려 휘말려 들었다. 그 생각에서 거의 하루 종일 벗어나기 어려울 정도였다. 그러다 떠오른 몇몇 생각 중에 앞으로도 잊고 싶지 않은 한두 가지를 정리해서 SNS에 "무엇인가 '판다 정신'이라고 할 만한 생각이 있는 것 같다"라는 글을 올렸다. 그렇게 1주일 정도는 판다나, 판다로부터 비롯된 자연에 대한 이야기만 계속 SNS에 올렸던 것 같다. 왜 내가 이러고 있을까, 생각하다 보니 직업이 작가인지라, 이렇게 한참 빠져있던 생각을 한 줄기로 정리해서 글로 써 엮어도 좋겠다는 생각을 하게 되었다.

그때 마침 SNS의 글을 읽은 출판사에서 정확히 그런 제안을 해주어 쓰게 된 것이 바로 이 책이다. 나는 판다라는 동물에 대해 이야기하면서 자연스럽게 떠올릴 수 있는 여러 생각을 재미있게 엮어보는 데 이 책의 초점을 맞췄다. 그리고 판다에 대해 알고 싶어서 책을 읽다 보면 저절로 생명에 관한 기초 과학 지식들을 알게 되는 글을 쓰는 정도를 목표로 삼았다. 내가 잘 알지 못하는 복잡한 최신 정보를 함부로 늘어놓기보다는, 이해하기 쉬운 기초를 다루는 정도에서 멈추었다. 대신 자연스럽게 이어지는 삶과 사회에 대해서 고민해 볼 만한 이야기를 소개해 보고, 느끼고 생각에 잠겨볼 만한 주제들을 제안하는 데 좀 더 노력해 보고자 했다. 깊이 있게 판다라는 동물의 생태에 대해서 이야기하거나, 생물학 연구에서 판다에 대한 더 중요한 지식을 전달하기에는 내 실력은 한참 모자란다. 그런 문제에 대해서는 함부로 내가 나서기보다는 더 훌륭한 학자들이 정리한 더 뛰어난 다른 자료들이 더 좋은 역할을 할 수 있을 거라고 본다.

내 전공 분야는 환경이다. 그래서 일하고 살며 지내기 위해 원래부터 관심을 많이 가질 수밖에 없었던 사연들은 한국의 환경 보호와 한국의 동물, 식물, 생태계에 대한 이야기들이다. 논문을 쓰기 위해 조사하고 고민하다 보면 접하게 되는 자료들도 주로 한국의 자연에 대한 내용들이다. 그렇다 보니 이 책은 판다에서 출발한 생각을 다루지만 이야기를 풀어가다 보면 결국 한국의 생태계나 한국의 자연과 연결될 수 있는 사연으로 이어지는 이야기들을 같이 연결해서 많이 다룬 편이다.

예를 들면, 생태계에서 판다의 위치를 설명하기 위해 중국의 판다와 한국에 사는 반달곰을 비교해 보며 설명했다. 이런 이야기는 한국 독자 입장에서는 판다라는 동물의 생물학에 대해서 보다 생생하게 느끼는 데 도움이 될 거라고 생각한다. 또한 이렇게 한국의 상황과 함께 풀어놓은 사연들이 자연에 대해 더 가깝게 이해하고 좀 더 현실적인 시선으로 환경에 대해 여러 가지 문제를 고민해 보는 기회를 주는 데에도 도움이 될 수 있을 거라고 생각한다.

말하자면, 이 책은 풍경이 멋진 산길을 걷거나, 아름다운 공원을 산책하며 드는 생각들을 다룬 책과 비슷하다. 산길을 걸을 때 산봉우리의 바위가 중생대에 생성된 화강암이라는 생각만 하는 것도 아니고, 공원을 산책할 때 길가에 피어 있는 풀이 쌍떡잎식물인가 외떡잎식물인가만 따지지 않듯이, 자연에 대한 관찰에서 출발한 이야기가 자연스럽게 여러 가지 감정을 연결하며 퍼져나가는 아늑한 글로 이어지면 좋겠다는 생각으로 책을 썼다.

그렇게 해서 쓴 책이니, 독자께서 이 책을 읽으면서 산길을 건너다가 우연히 판다를 만날 때와 비슷한 기분을 느끼거나, 공원을 판다와 함께 산책하는 듯한 느낌을 받게 된다면 정말 좋겠다.

끝으로 좋은 프로그램에서 짧지 않은 시간 즐겁게 함께할 수 있도록 처음부터 이끌어주셨던 지한결 작가님, 김정은 PD님에게 감사의 인사를 드리고자 한다. 또한 재미있게 방송할 수 있도록 많은 도움을 주셨던 최고은 선생님에게도 깊은 감사의 말씀을 드리고 싶다.

2024년 여의도에서

곽재식

차례

3 판다는 자기가 좋아하는 맛을 즐기는 데 집중한다

4 판다는 혼자서도 잘 산다

5 판다는 싸움을 말린다

6 판다는 남의 아류 취급을 받았지만 결국 주류가 된다

7 판다는 살아남는다

먹고사는 일만 잘하고 있어도 삶은 훌륭하다.
나는 이것을 '판다 정신'이라고 말해 보고 싶다. 또한 포기한 채
한 군데 머물러있지 않고 조금씩이라도 움직이며 지내는 것이
판다가 사는 모습이다. 무슨 대단한 성취를 위해서
앞으로 나가는 것이 아니라 그렇게 계속 움직여 나가는 것을
아예 삶의 평범한 보통 모습이라고 받아들이며 익숙해졌기 때문이다.

PART 1

판다는 계속해서 움직인다

나에 대해 궁금하다고?
별건 없겠지만,
나의 일거수일투족을
따라다니려면 좀 지칠 거야.
나의 매력을 꼭 발견하길!

늘 먹고 자고

힘을 낭비하면 안 된다

사람들은 판다가 게으른 동물이라고 말한다. 그도 그럴 것이 판다를 보면 대체로 행동이 느릿느릿해 보인다. 날렵하게 나무를 타고 이동하거나 빠르게 땅을 달리는 모습을 보기도 어렵다. 게다가 하루 중 많은 시간을 먹는 데 소모한다. 동물원의 판다를 촬영한 영상을 보아도 먹는 장면이 많다. 주로 식물을 먹고 사는 판다의 특성상 먹잇감을 사냥하려 애쓰는 모습도 없다. 좋아하는 나무 열매를 먹기 위해 힘들게 높은 곳에 기어 올라가지도 않는다. 다른 초식동물처럼 적의 공격을 피해 열심히 도망 다니거나 숨으려 애써야 하는 것도 아니다. 그냥 어슬렁거리며 걸어가서 먹이를 먹고 또 먹는 것으로 하루를 보낸다. 먹이를 다 먹은 판다가 그다음으로 하는 일은 자는 것이다. 그러므로 판다의 삶은 먹고 자고로 요약할 수 있다. 이러니 사람들이 게으르다고 말할 법도 하다.

가만 보면, 몇몇 언론 매체는 판다가 게으르다고 말하는 것을 즐기는 느낌이 들 때도 있다. 둥글둥글 평화로워 보이는 판다가 알

판다는 100kg 넘는 몸으로도 꽤 높은 나무를 탈 수 있는 균형 감각과 팔 힘을 가지고 있다.

고 보면 굉장히 힘겹게 사는 동물이라고 밝히기보다야 별로 걱정거리 없이 산다고 해야 그 모습에 더 어울리고, 더 귀여워 보인다고 생각하는 모양이다. 가끔은 판다가 이렇게 게으르고 별 하는 일 없는 동물이기 때문에 혹독한 야생에서는 살아남기가 쉽지 않다는 식으로 이야기를 이끌어가는 때도 있다. 게으른 판다는 생존경쟁에서 뒤처져 모두 사라져버릴지도 모르니 사람이 나서서 판다를 보호해야 한다는 쪽으로 이야기가 이어지기도 한다. 하지만, 판다는 정말 게으를까? 그 말은 사실 꽤 오해가 섞인 표현일 수 있다.

판다가 삶의 대부분을 먹고 자는 데 보내는 것은 맞다. 먹고 자는 것 이외에 아무것도 안 하는 사람을 보고 게으르다고 말하는 뜻으로 판다가 게으르다고 말할 수는 있다. 분명 판다는 주간 업무 보고서 작성을 위해 아침 일찍 출근한다든가, 급한 고객 주문을 맞추기 위해 철야 작업을 하는 등의 일을 하지는 않는다. 한국인의 평균 일상과 비교하면 판다는 충분히 게을러 보일 수 있다. 그러나 판다가 먹고 자고만 한다는 말에는 우리가 모르는 사실이 숨겨져 있다. 왜냐하면, 판다 입장에서 먹고 자는 것이 그저 문제없이 늘어져 있으면 저절로 풀리는 쉬운 일만은 아니기 때문이다.

먹는 게 일

이왕이면 느긋하고 즐겁게!

우선 가장 밑바탕에 깔린 문제는 판다의 내장 구조에 있다. 판다의 내장 구조는 육식동물과 비슷하다. 하지만 먹는 음식의 대부분은 대나무다. 대나무가 소화하기 쉬운 재료라고 할 수는 없다. 초식동물이라고 하더라도 야들야들한 풀잎이나 나뭇잎을 먹는 동물이 흔하지, 딱딱해 빠진 대나무를 먹는 동물은 많지 않다. 그래서 판다는 먹이를 잘 소화할 수가 없다. 다이어트를 시도해 본 사람이라면,

"양배추는 열량이 별로 없어서 살이 안 찐다"라든가, "셀러리는 그 안에 있는 에너지에 비해 소화 과정에서 소비되는 에너지가 더 크기 때문에 마이너스 칼로리가 되는 수도 있다"라는 말을 들어 본 적이 있을 것이다. 판다가 먹는 음식이 딱 그 모양이다.

판다가 한참 동안 앉아서 넉넉한 양의 대나무를 먹어치우는 모습을 보며 '저 정도면 배불리 먹었겠네' 싶겠지만, 흡수한 영양분은 사람이 사탕 하나 먹은 정도밖에 안 될 가능성이 높다. 판다의 내장은 먹은 음식에서 힘이 되고 살이 될 영양분을 뽑아내는 걸 힘들어한다.

하루에 약 13kg의 먹이를 먹는다. 공깃밥 기준 약 62그릇이다.

판다의 움직임이 느리고 여유로워 보이는 것도 사실은 영양분이 부족해 힘을 낭비하면 안 되기 때문이라고 추정할 수 있을 정도다. 그러므로 판다는 그 큰 덩치를 유지하기 위해 아주 많은 양의 먹이를 먹어야 한다.

현미밥이 다이어트에 좋다고 하는데, 아무리 현미밥이라도 한 끼에 네 그릇씩 꼬박꼬박 먹는다면 살이 찔 것이다. 판다의 식사는 이와 비슷한 이치라고 보면 되겠다. 계산해 보면 판다는 한 끼에 현미밥 네 그릇 먹는 사람보다 훨씬 더 많은 밥을 먹는다. 언론 보도에 따르면 판다는 하루 평균 약 13kg 정도의 음식을 먹는다. 한국에서 먹는 공깃밥의 무게는 보통 210g이다. 전자레인지로 데워 먹게 나온 즉석밥도 이 용량으로 판매된다. 그렇다면 판다는 공깃밥 기준, 하루에 약 62그릇에 해당하는 무게의 먹이를 먹어치우는 셈이다. 판다가 먹는 양의 수치를 더 높게 추산한 기사 중에는 판다가 약 30kg의 음식을 먹는다는 내용도 있다. 만약 그런 판다라면 하루에 밥 143그릇 치 무게를 먹는 것과 같다.

판다는 몸집이 큰 생물이라서 많이 먹는다고 생각할 수 있다. 그렇지만 판다는 곰 중에서 그렇게 크다고 볼 수는 없다. 불곰이나 북극곰은 몸무게가 200kg이 넘는 경우가 흔하고, 북극곰이라면 몸무게가 300kg에 달해도 그렇게 이상한 것은 아니다. 판다의 몸무게는 100kg 전후이다. 좀 큰 판다라면 그보다 20~30%쯤 클 테지만, 100kg이 안 되는 판다도 흔하다. 이 정도면 사람보다 조금 더 무겁다고 할 수준 아닌가? 덩치가 아무리 큰 사람이라도 하루에 밥을 60그릇 이상 먹어야 한다고 누군가 요구한다고 생각해 보자. 그러면 밥 먹는 게 일이 될 것이다. 밥 먹는 일을 직장생활 하듯 하루 종일 부지런히 열심히 해야 한다는 뜻이다. 아닌 게 아니라 놀랄 만큼 밥을 많이 먹을 수 있는 쯔양 같은 분은 음식을 맛있게 많이 먹는 활동을 직업으로 수행하면서 생활한다.

그러므로 판다가 하루 종일 먹기만 한다는 것은 보기에 따라서 판다는 살아남기 위해 하루 종일 먹으려고 애써야 한다로 바꾸어 말해 볼 수도 있다. 과학자들은 14시간 동안 계속해서 먹는 판다도 관찰한 적이 있다고 한다.

사람들은 대체로 노래하고 춤추고 있다고 하면 놀고 있다고 생각한다. 그러나 어떤 가수가 전국의 행사장과 무대를 돌아다니며 하루에 대여섯 군데에서 노래를 부른다고 생각해 보자. 그것을 두고 그저 놀고 있으니 게으르다고 생각하는 사람은 없을 것이다. 어린이들이 "놀고 올게요"라고 이야기하고 친구들과 공을 차고 오는 경우도 많다. 공놀이는 보통 노는 일이라고 생각한다. 그렇지만 축구 선수가 전후반 동안 열심히 공 차는 모습을 보고는 놀고 있다고 하지 않는다. 설령 장난 같은 놀이라도 어느 수준을 넘어서면 결코 게으르다고 볼 수 없는 것이다. 코미디언 지상렬 선생은 2000년대 초한 방송 프로그램에서 동물과 공놀이하며 웃겨 보려고 한 적이 있다. 그런데 웃기는 데 성공하기 위해서 러시아에서 사육사들이 데려온 호랑이로부터 공을 빼앗는 장면을 촬영했다고 한다. 그 모습을 보면서 그저 게으르게 장난치고 노는 거라고 말하기는 어렵다.

판다가 먹는 모습도 그와 비슷하게 평가할 필요가 있다. 하루 종일 먹는 게 일이라는 말은 내가 즐길 수 있는 일을 끊임없이 계속하며 지내고자 애쓰는 삶이라는 뜻이다. 달리 말하자면 별 큰 성과도 남지 않는 일이지만 살아남기 위해서는 그 일을 멈춤 없이 많은 분량으로 해내야 한다는 뜻도 된다. 세상사 많은 일이 이렇지 않나 싶다. 그중에서 판다는 그 일이 느긋하고 즐거워 보이는 쪽의 태도를 택한 것뿐이다.

겨울잠도 못 자

어떻게든 먹고살 방법을 찾아야 한다

판다가 먹고 자기만 한다는 말 중에서 '잔다'라는 부분도 세밀하게 따져보면 이야깃거리가 많은 주제다. 곰은 대체로 겨울잠을 잔다. 2000년대 중반에 한국의 국립공원관리공단에서 인터뷰한 내용에 따르면, 한국의 반달곰은 대체로 1월 초부터 겨울잠에 들고 3월 말에 깨어나 굴에서 기어 나온다. 겨울에는 쉬다가 3월에 활동을 시작하는 것이다. 1년에 4분의 1이 휴가인 셈이다. 사람들이 한 해 계획을 세우고, 기업은 연초 사업계획을 만들고, 학생들은 새 학기, 새 학년을 시작하기 위해 바쁘게 활동하는 일사분기에 반달곰은 쉰다. 연말마다 올해도 쓰지 못한 연차 휴가가 이렇게나 많았나, 하며 쓸쓸해하는 한국 직장인들이 보기에는 이러한 곰의 생활이 부러울 만하다.

그러나 게으른 동물이라는 평을 듣는 판다는 겨울잠 습성이 없다. 판다는 겨울에도 계속 활동한다. 판다가 따뜻하고 아늑한 곳에 살아서 겨울잠을 안 자는 것은 아니다. 야생 판다가 사는 쓰촨성의 높은 산은 겨울이 되면 상당히 춥다. 추위 속에서도 많은 활동을 할 수 있는 곰의 순위를 매긴다면, 북극곰의 뒤를 이어 아마도 판다가 바로 2위를 차지할 듯싶다. 그런데도 판다가 겨울잠을 자지 않는 이유는 역시나 먹는 일 때문이 아닐까. 판다는 다른 일은 하지 않고 쉬어도 될 정도로 충분한 영양분을 몸에 저장하기 어렵다.

반달곰이라면 가을쯤 산에서 갖가지 나무 열매와 영양분이 풍부한 과일을 다 집어 먹을 것이다. 넉넉히 배를 불리고 몸에 살을 통통히 찌운 뒤에 그 영양분으로 몇 주일 동안 굴에서 쉴 수 있다. 그러나 판다는 몇 주일은커녕 며칠만 밥을 못 먹어도 굶어서 쓰러질

판다는 겨울잠을 자지 않는다. 이 역시 먹어야 하기 때문이다.

듯한 상태가 된다. 굴에 들어가서 쉬기만 할 수는 없다. 다시 나와서 눈 덮인 산이라도 돌아다니며 어떻게든 먹고살 방법을 찾아야 한다. 다른 곰들이 휴가와 같은 겨울잠에 든 시기라도 입에 풀칠하려고 애써야만 살 수 있는 동물이 판다이다. 비유하자면 판다의 삶은 불경기에 수입이 적어서 밤늦은 시간이나, 공휴일에도 오래도록 가게를 열어놓고 있어야 하는 시장통 자영업자 사장님 같은 느낌이다.

악명 높은 쓰촨성 산속에서
자기만의 길과 방향이 있다

게다가 판다가 먹이를 찾아 돌아다녀야 하는 곳은 아늑한 꽃동산이 아니다. 꽃동산은커녕 산과 산이 끊임없이 이어진 곳이다. 높은 산맥이 가득하기로 중국에서 악명 높은 쓰촨성의 산지가 판다의 고향이다. 《삼국지》나 《초한지》 같은 소설을 보면 이 장소가 종종 나온다. 소설 속에서 고대 중국의 영웅들이 적을 피해 험준한 곳에 들어가서 힘을 길러야 한다고 말하는 장면이 나오는데, 이때 자주 나오는 험한 촉나라 땅이 바로 쓰촨성의 산지다.

고려시대의 이제현도 지금의 중국 쓰촨 지역까지 가서 산길을 오른 적이 있었다. 고려 충선왕이 중국의 좋은 산에 가서 제사를 지내고 오라며 보낸 것이다. 왕의 명령을 받은 이제현은 직접 그 산길을 걸으며 〈촉도(蜀道)〉라는 제목의 시를 지었다. 이 시에는, "하늘은 깃발 끝에 보일락말락 한데[天形旂尾擲], 산세는 칼날같이 날카롭구나[岡勢劍鋩摧]"라는 구절이 있다. 끝없이 이어지는 높고 험한 산이 지긋지긋하다는 느낌을 받았던 것 같다. 그런데 판다에게는 그런 곳이 바로 자기 집이다. 이제현의 시에 "원숭이도 놀라서 머뭇거린다"라는 구절이 있는 것을 보면, 그는 아마도 깊은 산에서 이런저런 짐승들이 튀어나올까 걱정도 했던 것 같다. 혹시 이제현은 판다를 만나기도 했을까?

2023년에 왕멍 선생을 중심으로 한 연구팀이 GPS 추적 장치를 판다 몇 마리에 달았다. 꾸준히 조사한 내용을 발표한 자료를 보면, 판다는 1600m에서 2500m 높이의 산지를 돌아다니며 사는 것으로 추정된다. 판다에게 가장 낮은 높이라고 할 만한 1600m는 한국의 태백산이나 오대산보다도 더 높다. 한라산 높이가 2000m가 조금 못 된다. 그러니까 판다는 남한 사람들이 오를 수 있는 가장 높은 산보다 더 높은 산에 올라가 삶의 많은 시간을 보낸다.

판다가 하루 종일 먹고 나머지 시간에는 잠만 잔다는 말은 거의 사실이다. 그런데 정확하게 말하자면 거기에 '등산하기'를 더해야 한다. 계속 등산하면서 먹고 잔다고 말할 수 있는 것이다. 비유하자면, 판다는 언제나 산악인 같은 삶을 산다. 심지어 판다는 아무렇게나 한곳에 머물러 앉아 그냥 먹이를 먹고 지낼 수도 없다. 여름철에는 종종 산 높은 곳으로 2500m 높이를 향해 계속 올라가고, 겨울철에는 종종 산 아래쪽, 1600m 높이를 향해 내려온다. 어느 정도 시간을 두고 조금씩 이동할 테니 작심하고 하루 만에 몇백 m의 높이를 오르는 일은 드물겠지만, 1년을 두고 보면 산을 오르락내리락하는 행동을 반복하는 것이 판다의 습성이다. 왕멍 선생의 논문에 따르면, 판다는 아무 데나 대충 돌아다니는 것이 아니다. 길과 방향을 정해 두고 자기만의 위치를 찾아가는 것으로 보인다고 한다. 매년 목표를 정해 지리산 종주, 설악산 종주를 반복하는 등산가와 닮았다.

생존을 위한 이동

때를 잘 포착해야 한다

판다는 도대체 왜 한곳에 있지 않고, 험한 산속을 오르내리는 것일까? 동물이 먼 거리를 이동하는 사례라면 철새에서 쉽게 찾아볼 수 있다. 한국의 서해안 갯벌에서 쉬어 가는 도요새류의 철새는 러시아에서 남반구의 오세아니아 지역까지 약 1만 km에 가까운 거리를 매년 왔다 갔다 이동한다고 한다. 포유동물 중에서도 이런 사례가 없지는 않다.

예를 들어, 인천의 백령도 근처 바다에서 자주 발견되는 점박이물범이 그렇다. 바다표범이라고 하는 이런 부류의 동물은 바위 위에 널브러져 햇볕을 쬐며 오랜 시간 쉬는 습성이 있다. 그래서 언뜻 보면 신세 편하게 놀기 좋아하는 동물로 비치기도 한다. 한국의 점박이물범은 사람을 별로 무서워하지 않고 어선들이 조업하는 근처에서 남는 물고기를 잡아먹는다. 가끔 사람이 친 그물이나 통발 주변에서 물고기를 빼 먹는 영리한 모습을 보여주기도 한다. 그래서 사람들은 점박이물범을 편하고 즐겁게 사는 동물로 보는 듯하다.

그러나 점박이물범 역시 무척 먼 거리를 이동하는 동물이다. 인천에서 중국 북부에 있는 보하이만까지 약 1000km에 가까운 거리를 부지런히 헤엄쳐 가서, 그곳에서 새끼를 친다. 점박이물범 새끼는 성장하자마자 처음으로 먼 거리를 이동해야 한다. 별로 크지도 않은 어린 동물이 서해의 파도를 가르고 몇 날 며칠을 계속 바다를 헤엄쳐 한국의 인천까지 돌아오는 것이다. 2014년 울산의 국립수산과학원 고래연구소에서 발표한 자료를 보면, 울산 인근에서 발견된 점박이물범이 러시아에서 한반도의 동해안, 남해안, 서해안을 거쳐 중국 보하이만까지 이동한 사례가 발견되기도 했다. 이 점박이물범은 198일간 3300km를 이동했다. 하루에 16.6km씩 날마다 수영을 해야 하는 거리다. 어떤 점박이물범은 단 1주일 만에 전라남도 진도에서 중국 북부에 있는 다롄까지 이동하기도 했다.

수영선수 같은 점박이물범과 비교해 보면 산악인 같은 판다는 더 절실한 이유로 조금씩 천천히 이동한다. 과학자들은 판다가 매년 계절에 맞춰 산을 오르내리는 이유를 계절과 날씨에 따라 판다의 먹이인 대나무의 생태가 달라지기 때문이라고 추측한다. 여러 종류의 대나무가 서로 다른 온도에 따라 지역별로 자라날 테니 판다는 그에 따라 계속해서 움직일 수밖에 없다는 뜻이다. 죽순은 새로 돋아나는 대나무의 순으로, 이것이 판다에게 가장 귀한 먹거리이다. 이 죽순을 먹으려면, 대나무가 새로 자라나는 때를 포착해야 한다. 판다가 지역별로 죽순이 나오는 때를 알아서 여름에는 여름철 대나무 죽순이 잘 돋아나는 지역으로, 가을에는 가을철 대나무 죽순이 잘 돋아나는 지역으로 계속해서 이동한다는 이야기다. 이는 마치 지역마다 서로 다른 장날을 따라 전국을 부지런히 돌아다녀야 하는 떠돌이 봇짐장수와도 비슷하다.

판다가 살아가는 모습을 살펴보면, 그냥 먹고사는 것만 해도 쉽지 않다. 먹고사는 일만 잘하고 있어도 삶은 훌륭하다. 나는 이것을 '판다 정신'이라고 말해 보고 싶다. 또한 포기한 채 한 군데 머물러 있지 않고 조금씩이라도 움직이며 지내는 것이 판다가 사는 모습이다. 무슨 대단한 성취를 위해서 앞으로 전진하는 것이 아니라, 그렇게 계속 움직여 나가는 것이 평범한 삶의 보통 모습이라고 익숙해졌기 때문이다.

무슨 시험에 합격하거나, 어떤 지위에 오를 때까지는 모든 것을 포기하고 지독하게 고생해도 견뎌야 한다고 생각하는 사람들이 있다. 그 단계를 넘어서기만 하면 그때부터는 모든 것이 해결되어 펑펑 놀기만 해도 된다는 태도 역시 가끔 보인다. 그런 삶의 태도를 갖고 있다면, 만약 그 단계를 넘어서는 데 실패하면 그 실패가 인생의 실패처럼 비칠 수도 있다.

사람에게는 각자 삶의 방식이 있으니 그런 태도도 간혹 필요할 수 있다. 하지만 나는 삶을 그렇게 관문으로 나누고 혹독한 단련의 시간을 통과해야만 하는 것으로 여기기보다는 '판다 정신'을 따르는 편이다. 판다는 험준한 산에서 지내며 추운 날씨에는 눈밭을 헤매야 한다. 하지만 그것을 오히려 '그저 먹고사는 자기만의 삶'으로 만든다. 그러면서 매일 계속 앞으로 나아간다.

구르는 것이 좋아

힘도 아끼고 추위도 막고

판다는 구르는 것을 좋아하는 재미난 습성이 있다. 몸이 둥글둥글하고 다리가 짧아서 구르기에 유리하니까 자주 구르는 모습이 자연스러워 보인다. 눈밭을 내려올 때, 험한 산등성이에서 걷기 힘겨운 장소를 지날 때 판다는 구른다. 걷는 게 귀찮은 듯 그냥 굴러가는데, 그 모습은 좀 즐거워 보인다. 걷는 힘까지 아끼기 위해 구를 수 있으면 최대한 굴러서 이동하는 거라고 볼 수도 있다. 굴러가는 게 합리적인 행동이라는 발상은 그럴듯하다. 판다가 나무를 잘 타는 모습만 봐도 판다의 움직임은 합리적인 데가 있기 때문이다. 높은 나무에 큼지막한 판다가 아슬아슬하게 올라가 늘어져 있는 모습은 좀 우습기도 하지만, 판다는 자신이 올라가도 부러지지 않을 정도의 나무를 잘 가늠하는 편이다. 어릴 때부터 나무 타기 연습도 많이 하며, 나무에 올라갔다 떨어지는 것을 놀이처럼 즐기면서 익혀서, 어른이 되면 멋진 나무 타기 재능을 갖게 된다.

그러나 판다의 습성 중에는 무척 이해하기 힘든 것도 있다. 2020년 저우원량 선생이 발표한 논문에 따르면, 판다는 오물 더미 위에서 굴러다니는 것을 좋아한다고 한다. 논문에서는 사례 하나를 구체적으로 소개한다. 사람이 지나다니는 길에서 멀지 않은 위치

몸이 둥글둥글하고 다리가 짧은 판다의 몸은 구르기에 적합하다.

에 말똥이 쌓인 오물 더미가 있으면 판다는 거기에 들어가 굴렀다. 잠깐 오물 더미에 들어갔다 나오는 정도가 아니라 그 속에서 꼼꼼히 몸을 마사지하듯이 아주 심하게 굴러다녔다. 논문을 읽다가 무슨 공포영화나 코미디영화의 이상한 장면을 보는 듯한 느낌이 들었다. 판다는 깨끗하고 호감 가는 모습이라 많은 사람이 껴안아 주고 싶어 하는 동물인데, 왜 스스로 오물 더미에 들어가 자기 몸을 냄새로 뒤덮는 행동을 저렇게나 좋아하며 열심히 할까? 어쩌면 판다의 인기가 너무 높아지는 것이 문제라고 생각한 사악한 외계인이 판다의 정신을 조종한 게 아닐까? 사람들이 판다를 멀리하게 하려고 판다에게 저런 짓을 시킨 건 아닐까?

비슷한 습성을 가진 다른 동물이 있기는 하다. 예를 들어 서울에 사는 야생동물 중에서도 이와 닮은 점이 있는 행동을 하는 동물이 있다. 2022년에 나온 〈도심권 국립공원 멧돼지 서식실태조사 연구 보고서〉를 보면 한국의 멧돼지들은 진흙탕 속에서 뒹구는 것을 가장 좋아한다. 보고서에서는 멧돼지가 찾아와 뒹구는 진흙탕을 "진흙 목욕장"이라고 표현하기도 했다.

목욕이라면 깨끗한 계곡물에서 해도 될 텐데, 멧돼지는 굳이 질척거리는 진흙이 많은 곳에 들어가 헤집으며 목욕을 한다. 가끔은 농사를 짓기 위해 애써 준비해 놓은 논에 멧돼지가 들어가 진흙 목욕을 하는 바람에 농작물이 망가지는 피해가 발생하기도 한다.

연구팀은 북한산 국립공원에 사는 멧돼지들이 나타날 만한 곳을 골라 어디에 멧돼지들이 많이 오는지 관찰했다. 그런데 멧돼지가 자주 다니는 길목이나, 멧돼지가 등을 비비는 나무 같은 곳 이상으로 바로 이 진흙탕에 찾아오는 경우가 많은 편이었다. 서울 성북구 정릉 지역 근처에 있는 한 진흙탕에는 한 달 평균 11.4회나 멧돼지가 나타난 것으로 조사되었다. 서울 성북구면 대도시 중심에서 멀지 않은 지역이다. 그런데도 사흘에 한 번꼴로 나타난다는 것은 이 진흙 목욕장을 멧돼지가 정말 좋아한다는 느낌이다. 힘든 일이 끝난 뒤 단골 사우나에 가는 것을 좋아하는 직장인 같아 보이지 않는가?

멧돼지는 가축으로 기르는 돼지와 큰 차이가 없다. 사람들은 돼지를 가축으로 기르면서, 돼지가 진흙 구덩이에 들어가기를 좋아하고 온몸에 진흙을 묻힌다는 것을 예전부터 알고 있었다. 그래서 이 행동에 대한 여러 가지 연구 결과가 나와 있다. 살갗에 붙은 기생충을 떼어내기 위한 행동이라는 의견이 있고, 자외선을 가리기 위한 일종의 선크림으로 진흙을 사용한다는 의견도 있다. 하지만 가장 중요하게 언급되는 이유는 진흙 목욕이 더위를 견디기 위한 수단이라는 점이다.

사람은 땀을 흘리고 그 땀이 바람에 마르는 것을 이용해 몸을 식힌다. 땀 흘린 뒤 바람을 맞아 시원한 느낌은 누구나 한 번쯤 경험해 보았을 것이다. 크게 시원한 느낌이 없더라도 조금씩 흘리는 땀으로 조금씩 몸의 열을 식힐 수 있다는 것은 사람이라는 동물의 특기다. 그러나 돼지에게는 땀을 잘 흘리는 능력이 없다. 여름철에 몸 온도가 올라가면 어떻게든 다른 방법으로 체온을 낮춰야 살아남는 데 유리하다. 체온이 너무 높아지면 온도 조건이 맞아야 일어날 수 있는 몸속의 화학 반응이 제대로 일어나지 못하면서 생물의 모든 활동이 어그러지고 만다. 소화도 안 되고, 신경도 제대로 활동하지 못한다. 잘못하면 목숨을 잃을 수도 있다.

그래서 돼지는 직접 땀을 흘리는 대신에 몸에 차가운 진흙을 바른다. 연구에 따르면 맹물은 너무 금세 마르기 때문에, 몸에 달라붙어 있으면서 천천히 마르는 진흙이 여름철 몸을 식히는 데 더 도움이 되는 것으로 보인다고 한다. 실제로 서울의 북한산에서 조사된 결과에도 멧돼지들이 겨울보다는 주로 여름에 진흙 목욕장에 자주 나타나는 성향을 보였다.

오물 목욕

그래도 참 열심히 사는 방법

앞서 언급한 저우원량 선생 연구에서는 판다가 오물에 뒹구는 습성도 체온과 관계가 있다고 보았다. 단, 여름철의 뜨거운 햇살을 피하려는 것이 아니라 산세가 칼날같이 날카로운 사천성 높은 산의 매서운 추위를 견디기 위한 행동이라는 것이다.

연구 결과에 따르면, 판다가 뒹굴기 좋아하는 오물 속에는 베타카리오필렌(beta-caryophyllene) 등 몇 가지 물질이 포함되어 있는 수가 많다. 이 물질은 추위의 고통을 느끼는 신경을 방해하는 작용을 한다. 매운 음식을 먹으면 뜨거운 느낌이 들거나, 민트 종류를 맛보다 보면 '입안이 화한 느낌'이 들면서 어째 시원한 느낌이 드는 것과 비슷한 현상이다. 이렇게 어떤 물질이 가진 화학적인 성질이 동물의 뜨겁고 추운 감각을 바꿀 수 있다는 데에 대한 연구는 데이비드 줄리어스 박사의 장기였다. 줄리어스 박사는 이 연구를 포함해 사람이 감각을 어떻게 느끼는지를 깊게 연구해 2021년 노벨 생리의학상을 받기도 했다.

한국인들이 추울 때 뜨겁고 매운 음식을 먹으며 땀을 흘리면서 좋아하는 것처럼, 판다는 오물 속에서 몸에 베타카리오필렌을 묻히면 추위를 덜 느끼게 되므로 이런 이상한 행동을 한다는 것이 저우원량 연구팀에서 낸 논문의 결론이었다. 오물 더미에 구르는 판다의 이야기는 믿기 어려울 정도로 놀랍지만, 이 역시 게을러 보이면서도 동시에 참 여러 방법으로 열심히 살고자 하는 판다에게 어울리는 방식이라는 생각이 든다.

최선을 다해
살고 있는 중입니다!

판다 Q&A

Q. 2023년 크리스마스 날, 푸바오가 눈밭에서 연속으로 20번 구른 이유는?

A. 판다를 비롯한 곰들은 몸에 둥근 부분이 많고 털과 살이 푹신해서 구르기에 적합한 구조를 갖고 있다. 그렇기에 눈이 내리지 않은 상황에서도 판다가 구르는 모습을 보여 줄 때가 있다. 여기에 마침 감촉이 특이하고 푹신한 눈이 내리자 신나게 구르는 행동을 했던 것 같다.

Q. 재미로 구르는 것처럼 보이는데?

A. 많은 동물들이 생존과 별 상관 없이 재미 삼아 일종의 놀이 행동이라고 할 만한 동작을 한다. 판다가 앞구르기를 하는 행동도 그중 일부는 놀이 행동으로 분류할 수 있을 것이다. 게다가 사육장에서 많은 관심을 받으며 사육되고 있는 판다들은 앞구르기 같은 동작을 취하면 사육사를 비롯한 주변 사람들의 관심을 끌고 인기를 얻게 될 수도 있다. 개와 고양이 같은 동물에서 흔히 관찰되듯이, 사육 동물에게 사람으로부터 관심과 인기를 얻는 것은 살아남는 데 많은 도움이 되는 방법이다.

Q. 판다 털은 부드러울까?

A. 판다는 곰과 동물에 속하는데 예로부터 곰 가죽은 옷에 사용하는 재료로 한국에서도 좋은 평가를 받았다. 또한 애초에 판다라는 동물이 유럽 과학계에 처음 소개되며 공식적으로 알려진 계기도 판다 가

죽이 눈에 뜨였기 때문이라는 점을 추측해 보면, 판다의 털 역시 과거 모피 옷을 만들던 다른 곰의 털과 비슷한 재질일 것으로 평가해 볼 만하다. 단, 곰과 동물이라고 해도 북극곰은 추운 곳에서 살아남기 위해 그 털이 햇빛을 마치 빨대 같은 구조로 빨아들여 전달하는 독특한 구조를 갖고 있다. 이처럼 곰마다 털의 감촉 차이는 어느 정도 있을 것이다.

판다 조상의 손은 대나무를 먹기에는 적합하지 않은 불리한 구조였다.
그래도 꾸역꾸역 버티면서 적응한 끝에 엉뚱하게도 손목뼈 모양이
변하는 방식으로 결국 그 불리한 특징을 넘어서서 귀여운 모습이 되었다.
힘든 일, 불리한 일이 있어도 어떻게든 적응하려고 하다 보면
그 결과가 귀여운 모습이 되는 것이 어쩌면 판다의 인기 비결이자,
판다 정신이 아닐까.

PART 2

판다는 손이 부족해도 어떻게든 버틴다

내 손가락이
여섯 개처럼 보인다고?
처음엔 이렇지 않았는데,
맛있게 먹으려고 노력하다 보니
이런 모습이 되었어.

호감의 법칙

사랑받으면 오래 살아남는다

판다는 귀엽다. 이것은 판다의 빼어난 장점이다. 귀여운 모습은 사람에게 호감을 준다. 생명체가 살아남아 널리 퍼져나가기 위해 사용하는 여러 가지 방법 중에서 사람에게 호감을 얻는 것은 훌륭한 작전이다. 예를 들어 벼나 보리 같은 식물은 끄트머리에 씨앗이 많이 생길 뿐, 흔히 보이는 많은 잡초와 큰 차이가 없는 식물이다. 단, 그 씨앗을 익혀 놓으면 사람 입맛에 구수한 맛이 느껴진다. 이것이 잡초와 벼의 결정적인 차이점이다. 사람들은 바로 그 특징 때문에 벼와 보리를 농작물로 삼아 넓은 땅에 재배하게 되었다. 게다가 사람들은 지난 수천 년간 벼와 보리를 더 많이 심고, 더 널리 퍼뜨리기 위해 갖가지 기술을 개발하며 노력하기까지 했다. 그래서 지금 벼와 보리는 세상의 들판을 온통 뒤덮을 정도로 큰 번영을 이루었다.

동물도 마찬가지다. 시대의 유행에 따라 어떤 동물이 사람의 호감을 얻으면 그 동물은 굉장히 쉽게 번성할 수 있다. 고양이는 그 대표적인 사례이다. 한반도에서는 석기시대 때부터 사람이 개를 기른 것으로 추정되는 흔적이 종종 발견된다. 그에 비해 같은 시기 고양이의 흔적은 쉽게 발견되지 않는다. 대개 고양이가 한반도에 들어온 시점은 삼국시대 이후로 추정하는 것이 중론이다. 불교가 전해지면서 인도나 중앙아시아 지역의 문화가 직·간접적으로 전해질 때 고양이가 들어왔다고 보기도 한다. 그러니까 한반도에서 고양이는 개와 비교해 보자면 족히 수천 년간은 별로 주목받지 못하던 동물이었다는 이야기다.

그런데 인터넷이 발달하여 고양이 사진과 영상을 교환하는 문화가 생기자, 고양이의 인기는 급격히 높아졌다. 고양이의 겉모습에 대한 사람의 호감이 과거에 비해 훨씬 강해졌다는 뜻이다. 그렇다 보니 오히려 요즘에는 공공기관의 도시 행정에서 가장 관심을 많이 받는 동물로 고양이가 꼽힌다. 농식품부의 추정치를 보면 2020년 기준, 한국인이 기르는 고양이 숫자는 무려 250만 마리에 달한다. 250만이면 대구 인구보다 많은 숫자다. 한국에 대구광역시보다 더 큰 '고양이 광역시'가 있다고 할 수 있을 정도로 고양이는 인터넷 시대의 유행 덕택에 번성할 수 있었다.

조금 더 조직적인 연구에서도 사람은 상대의 겉모습 때문에 호감을 느끼는 경향이 강하다는 사실이 밝혀져 있다. 자주 인용되는 연구 결과를 꼽아 보자면 캘리포니아대학교에서 활동한 학자, 앨버트 머레이비언이 1970년대에 발표한 내용이 유명하다. 머레이비언은 사람이 대화를 통해 상대방의 인상을 평가할 때 말하는 내용은 고작 7%밖에 영향을 미치지 않는다고 분석했다. 그에 비해 상대방의 표정과 태도는 인상을 결정하는 데 55%의 영향을 미쳤다고 한다. 이 연구 결과는 워낙 자주 인용되어 왔기에 최근에는 그 해석에 대한 비판 의견도 나오고 있기는 하지만, 적어도 겉모습이 불러일으키는 호감이 논리적인 판단 못지않게 중요하다는 점만은 대체로 인정받고 있는 것 같다. 그렇다면 누군가에게 좋은 대접을 얻고 싶다면 무엇에 집중해야 할까? 사랑하는 상대에게 고백해 좋은 대답을 얻으려면, 그 사람이 좋아할 만한 달콤한 명대사 한 마디를 연습하기보다, 말하는 모습, 표정, 목소리에 더 신경 쓰는 편이 좋다.

그렇다면 과연 어떤 표정과 모습이 사람에게 호감을 줄까? 이것은 좀 복잡하고 고민스러운 주제다. 동물 중에서 따져보자면 사람들은 대체로 보드라운 털을 가진 깨끗해 보이는 커다란 동물을 좋아하는 것 같다. 여기에 해당하는 사슴, 기린은 언제 어디서나 인기 있다. 반대로 작고 털이 없고 피부가 미끄러운 동물, 진흙탕이나 냄새나는 장소에 사는 동물은 상대적으로 인기가 없을 확률이 높다. 강아지를 보면 쓰다듬고 싶어 하는 사람이 많겠지만, 개구리나 두꺼비가 나타났을 때 만져 보려 하는 사람은 훨씬 적을 것이다.

물론 이 규칙이 항상 들어맞는 것은 아니다. 개구리나 두꺼비를 나름대로 좋아하는 사람들도 없지는 않으니까. 게다가 작은 동

귀여움과 징그러움은 아주 약간의 차이로 나뉘기도 한다.

물로 범위를 좁히면, 귀여움과 징그러움이 아주 약간의 차이로 나뉘는 예도 있다. 들쥐, 다람쥐, 토끼는 다 같은 설치류이며 습성이나 생김새 역시 비슷하다. 그런데 귀가 길고 꼬리가 짧은 토끼와 줄무늬가 있고 꼬리가 두툼한 다람쥐는 많은 사람에게 귀여움을 받는 반면, 그와 조금 다른 모습의 들쥐는 대우가 다르다. 오히려 사람에게 혐오감을 불러일으키는 동물의 대표이다.

파고들어 볼수록, 귀여움의 원리는 더욱 혼란스럽다. 분명히 많은 사람에게 들쥐는 징그러운 동물에 속한다. 그렇지만 한두 가지 특징을 제외하고는 들쥐와 비슷한 점이 많은 햄스터는 대체로 귀여운 동물로 취급받는다. 나아가 들쥐조차도 모습을 조금만 바꾸어 표현하면, 예를 들어 디즈니 같은 대기업이 애니메이션 주인공으로 잘 꾸미면, 사람들이 귀엽다고 여기는 상품이 될 수도 있다. 요즘은 들쥐를 기르면서 잘 씻겨주고 먹여주고 귀엽다고 여기는 사람들도 없지 않다. 없지 않기는커녕, 과거에 비해 그 숫자가 확연히 늘어나는 추세인 듯하다.

귀여움의 결정적 이유

막대 사탕과 대나무

그렇게 보면, 판다가 왜 귀엽냐는 질문에 간단히 답하기는 어렵다. 크지만 너무 크지 않은 몸집, 여유로운 생활 습성, 어린이와 비슷해 보이는 팔다리와 몸통의 비율. 판다의 외모에서 흔히 이런 것이 장점이라고 이야기한다. 하지만 여기에 뭔가 더 있을 텐데, 정확히 무엇이 판다가 귀여운 비결인지, 나는 콕 짚어 말하지는 못하겠다.

　한 가지 눈에 띄는 점을 짚어보자면, 사람들은 판다를 마치 사람처럼 생각하는 듯하다. 대나무를 먹는 판다의 모습을 보면서 "맛있게 먹는다"라고 하거나, 앞으로 구르는 판다의 모습에 "신이 나

판다가 귀엽게 보이는 이유 가운데 하나는 사람처럼 손을 쓰기 때문이다.

서 앞구르기 한다"라고 말하는 식이다. 대나무를 안 먹어 본 사람도, 앞구르기를 할 때 환호해 본 적이 없는 사람도 그 말에는 동의하고 그렇게 생각한다. 아마도 판다가 그럴 거라고 상상하고, 그 상상 속에서 공감하는 걸 좋아하는 것 같다. 동물에게 공감하고 감정이입하려면 그 동물이 어느 정도는 사람 같아 보여야 한다. 그래야 귀여움으로 연결되는 게 아닐까.

어른 판다의 덩치는 적당히 몸집 좋은 사람 정도의 크기로 두려움이나 어색함보다는 사람 같은 동물이라는 느낌을 준다. 친근하다는 의미다. 판다의 팔다리 비율이 어린아이와 비슷하다는 것도 어린이에 대한 보호 본능과 관련이 있을지 모른다. 도움이 필요한 사람을 보면 도와주고 싶어지는 사람의 마음 깊은 곳을 건드리는 것 같다.

이런 식으로 판다가 사람과 닮은 점을 찾는다면, 빼놓을 수 없는 게 '손'이다. 이것은 판다의 아주 재미있는 특징이다. 판다는 대나무를 먹을 때 꼭 사람이 손으로 붙잡고 먹는 것과 비슷한 모양으로 먹는다. 아주 흥미롭고 기이한 특징이다.

사람이 대나무를 맛있는 음식이라 여겨서 먹는다면 어떤 식으로 먹겠는가? 분명히 한 손, 또는 두 손으로 잡아 들고 입 가까이 대나무를 가져간 뒤에 먹을 것이다. 당연한 방식이다. 그러나 모든 동물이 길쭉한 음식을 이런 식으로 먹을 수 있는 것은 아니다. 예를 들어 소나 사슴이 그런 모양의 먹이를 먹는다고 상상해 보자. 아마도 손발은 거의 쓰지 않고, 그냥 머리를 숙여서 바닥에 있는 나뭇가지를 먹으려고 할 것이다. 실제로 고라니는 먹을 것이 없을 때 가느다란 나뭇가지를 뜯어 먹기도 하는데, 손으로 나뭇가지를 들고 먹지는 않는다. 만약 개나 고양이라면 앞발, 그러니까 손에 해당하는 부위를 어느 정도 활발히 사용할지도 모른다. 그렇지만 아마도 앞발은 나뭇가지가 움직이지 않도록 누르는 데 쓸 것이다. 머리를 숙여 가지에 입을 갖다 대고 뜯어 먹을 가능성이 높다. 애초에 소, 사슴, 고라니, 개, 고양이의 앞발은 투박하게 생겨서 나뭇가지 같은 물체를 잡거나 들 수가 없다. 그러나 판다는 다르다.

판다는 사람과 비슷한 모습으로 대나무를 잡을 수 있다. 마치 막대 사탕이라도 든 것처럼 신이 나서 대나무를 붙잡고 먹는다. 판다가 그렇게 먹이를 먹는 모습을 사람들은 친근하게 받아들인다. 판다에 대한 호감이 더 커질 수밖에 없다. 게다가 판다는 워낙에 많은 대나무를 먹는다. 판다를 보러 갈 때마다 이렇게 대나무를 먹는 모습을 자주 볼 수 있다. 마치 손을 쓰는 듯한 모습, 이것이야말로 판다가 귀여움의 새로운 경지를 개척할 수 있었던 중요한 이유 중의 하나가 아닐까?

이상한 돌 이야기

동물의 손 그리고 호모에렉투스

판다의 앞발에는 좀 더 많은 생각할 거리가 있는 유명한 이야기가 하나 더 연결되어 있다. 이야기를 풀어보는 방법은 여러 가지가 있을 텐데, 나는 경기도 연천 전곡리에 관한 사연으로 '동물의 손'에 관한 이야기를 해보려고 한다.

1977년, 20대 초반의 이상미 선생은 남자 친구인 그렉 보웬과 연천 전곡리의 어느 들판을 걷고 있었다. 보웬은 미군 부대 상병으로 헬리콥터 부대에서 날씨 관련 자료 조사를 담당하는 사람이었다. 두 사람은 사이좋게 걷다가 좀 이상한 돌을 발견했다. 들판에 널린 돌멩이를 딱히 유심히 보는 사람도 드물겠지만, 돌이 좀 이상해 보여도 보통은 신기하게 생겼네 하고는 바로 잊어버릴 것이다. 하지만 대학에서 고고학을 전공한 보웬은 그 돌멩이가 어쩌면 구석기 시대에 돌을 쪼개서 만들어 쓰던 도구일 수도 있다고 생각했다. 모르긴 해도 이상미와 보웬은 데이트가 굉장히 이상하게 흘러간다고 생각하며 재미있어했을 것 같다.

보웬은 그날을 계기로 연천의 이상한 돌멩이에 더욱 빠져들었다. 한동안 비슷한 돌들을 모아 조사하고 틈틈이 보고서로 정리한 그는 이듬해인 1978년 프랑스 보르도 대학의 전문 학자들에게 자료를 보냈다. 검토 결과, 돌멩이는 놀랍게도 조사 가치가 있었다. 보르도 대학의 학자들은 그 사실을 다시 서울대학교의 김원룡 교수에게 알렸다. 들판을 굴러다니던 돌멩이가 알고 보니 돌을 쪼개서 만든 '돌도끼'였던 것이다. 조사 직후에는 심지어 30만 년 이상된 물건이라는 발표가 나왔다. 지금도 이 지역은 구석기 시대 유적지로 전시관이 들어서 있고, 매년 구석기 시대를 소재로 한 지역 축제가 벌어지기도 한다.

더 재미난 것은 이 돌멩이가 아슐리안 석기로 분류될 수 있다는 평가를 받았다는 점이다. 1970년대만 하더라도 수십만 년 전 구석기를 처음 만들 때, 정교하고 빼어난 모양의 아슐리안 석기는 주로 유럽 지역에서만 발견되며 아시아에는 나타나지 않는다는 것이 정설이었다. 이 사실을 바탕으로 유럽에서 살던 종족과 아시아에서 살던 종족의 차이를 이야기하는 연구들이 계속해서 언급되곤 했다. 말하자면 과거에는 구석기 시대 종족 중에 유럽으로 퍼져나간 종족과 아시아로 퍼져나간 종족은 뭔가 뿌리가 다르거나, 근본적인 큰 차이가 있어서 계속해서 서로 다를 수밖에 없다는 이야기가 나올 만했다. 유럽 종족이 더 좋은 기술을 개발할 수밖에 없는 이유가 있을 수밖에 없다는 의미였다.

그런데 아시아의 동쪽 끝인 한국에서 아슐리안 석기가 나온다면 단순하게 지역의 차이를 나누어 따지는 연구는 그 방향이 바뀌게 될 수밖에 없다. 아시아 지역의 구석기 연구가 활기를 띠게 되었다는 말까지 나올 정도의 대발견이었다. 이상미와 그렉 보웬 두 사람은 나중에 결혼했다. 30여 년이 지난 2005년 지역 축제 초청으로 다시 한국에 돌아왔을 때 보웬은 한국이 자신의 삶에 정말 큰 선물 두 가지를 주었다고 하면서, "하나는 자신의 아내 이상미이고 하나는 연천에서 자기가 직접 발견한 구석기 시대 도구"라고 말했다.

한 가지 오해하지 말아야 할 점은 30만 년 전 한반도에 퍼져 살았던 것으로 추정되는 종족은 지금의 우리, 현재의 사람과는 상당히 많이 다른 동물이라는 사실이다. 학술상의 명칭으로는 호모에렉투스이다. 현재의 우리는 호모사피엔스라고 부른다.

최근 호모에렉투스와 호모사피엔스 간에 상당한 교류가 이루어졌을 거라는 연구 결과도 나오고 있지만, 정설에 따르면 수십만 년 전 한반도에 살던 호모에렉투스들이 그대로 이어져 지금의 한국인이 된 것은 아니다. 당시 전 세계에 퍼져 살던 호모에렉투스들은 세월이 흐른 후 어떤 이유로 멸종되거나 거의 사라졌다. 대신 호모사피엔스라는 다른 종으로 분류되는 동물이 다시 아프리카에서부터 전 세계에 또 퍼져나가서 멀리 한반도까지 건너와서 자리 잡은 것이 지금의 한국인이다. 말하자면 한국인을 흔히 단군의 자손이라고 하는데 단군은 호모사피엔스이고, 호모에렉투스는 단군의 자손이 아니다. 호모에렉투스를 단군의 조상이라고 부르기도 어렵다는 이야기다.

그러나 호모에렉투스가 비록 지금 우리 사람과는 다른 종이라고 해도, 사람이 출현하기 전에 그보다 앞서서 큰 성공을 거둔 사람과의 동물이라는 점은 중요하게 살펴볼 필요가 있다. 호모에렉투스가 처음 등장한 곳은 아프리카 대륙으로 추측된다. 특히 과거에는 동아프리카 지역에서 많은 화석이 발견되었다. 그런데 호모에렉투스는 아프리카에만 머문 것이 아니라 다른 대륙으로 널리 퍼져나갔다. 판다는 중국 서부에서만 살고, 치타는 아프리카 대륙에만 많이 사는 것과 달리, 호모에렉투스는 긴 세월 번성하면서 유럽과 아시아 각지로 퍼져나갔다. 중국 서부의 특정한 조건 속에서만 정착해 살던 판다와는 다르게 호모에렉투스는 춥거나 덥거나 메마르거나 물이 많거나 산이 많거나 평지가 많거나 갖가지 다양한 조건에 적응하며 방대한 영역을 차지한 것이다.

이렇게 널리 퍼져나간 것은 사람에 가까운 다른 동물이라고 하는 오스트랄로피테쿠스 등은 이루기 어려웠던 일이다. 연구가 진행되면서 연천에서 발견된 구석기 유물은 어쩌면 30만 년 전까지 거슬러 올라가지는 않을 거라는 의견도 나중에 나오기는 했다. 하지만 한반도 각지에서 다른 오래된 구석기 유물들이 발견되고 있는 것을 보면, 한반도에도 호모에렉투스가 도착해 살았을 가능성은 높다.

호모에렉투스와 현대 인간의 공통점

두 발로 걸었더니!

나무의 과일을 딸 때 두 발로 높이 서는 자세가 유리했을 것이다.

21세기인 지금, 만약 서울 시내 한가운데에 호모에렉투스가 나타난다면 어떻게 보일까? 얼굴 생김새가 확연히 다르고 몸의 모양도 다른 점이 있어서 특이하게 보일 것이다. 눈썹뼈가 더 도드라지고, 머리 크기는 확연히 작아서 어쩌면 사람이 특수 분장을 했나, 착각할지도 모른다. 그렇더라도 동물원에 있는 많은 동물 중 어떤 동물이 호모에렉투스와 가장 비슷하냐고 묻는다면, 대다수는 동물원의 관람객, 즉 사람과 가장 비슷하다고 할 것이다. 홍대입구역 인근의 북적거리는 거리 한복판에 호모에렉투스가 나타났는데, 적당한 옷을 걸쳐 몸을 감싸고 모자를 푹 눌러 쓴 채로 빠르게 지나간다면 어떨까? 어차피 홍대 입구 거리는 특이한 사람들이 많이 걸어 다니니까 호모에렉투스 정도는 별로 눈에 띄지 않을 수도 있다.

호모에렉투스와 우리의 공통점 중에 가장 눈에 띄는 것은 똑바로 곧게 서서 걸을 수 있다는 점이다. '에렉투스'라는 말 자체가 곧게 서 있다는 뜻이다. 선 채로 두 발로 계속 걸을 수 있는 포유동물은 많지 않다. 두 발로 균형을 잡는 일은 네 발로 몸을 지탱하는 것보다 어렵기 때문이다. 판다나 반달곰도 잠깐씩 두 발로 설 수는 있다. 판다가 서 있는 모습이나 서 있다가 앉는 모습은 꽤 사람 같아 보인다. 반달곰은 두 발로 조금 걸을 수도 있다. 그러나 판다가 한 시간, 두 시간씩 사람처럼 걸을 수는 없다. 자유자재로 장시간 두 발로 움직일 수 있는 재주를 가진 포유동물은 사람밖에 없다.

그러면 이런 불안한 자세로 다니면 어떤 이점이 있어서 이런 모습을 갖추게 되었을까. 학자들은 아마도 사람의 조상이 처음 두 발로 섰을 때 유리했던 점은 단순히 높은 데 있는 과일을 더 잘 따먹을 수 있는 정도가 아닐까 추측하기도 한다. 개나 곰 같은 동물조차도 높은 곳에 발을 갖다 댈 일이 있으면 잠깐씩 두 발로 설 때가 있다. 판다 역시 높은 곳으로 앞발을 뻗으려고 할 때 두 발로 선다. 원숭이와 비슷한 습성을 갖고 있어서 과일을 좋아했던 사람의 조상 동물은 나무의 과일을 딸 때 두 발로 높이 일어서는 자세가 특히 유리했을 것이다. 다른 경쟁자보다 더 멀리 손을 뻗어 더 많은 열매를 따 먹어서 쉽게 식량을 얻고, 생존하고, 자손을 남길 수 있다. 그러다 보니 두 발로 서는 것이 장기가 되어 아예 두 발로 계속 다닐 수 있는 동물이 등장하게 된 것 같다.

그런데 두 발로 걷을 수 있다는 특징은 다른 새로운 장점으로 발전하게 되었다. 첫 번째 장점은 우선 두 발로 다니면 아프리카 대륙의 뜨거운 지역에서 오래 활동하기 좋다는 점이다. 엎드려 네 발로 다니면 등 전체가 햇빛에 노출돼 열을 많이 받게 된다. 반면 두 발로 서면 햇빛이 바로 닿는 곳은 머리와 어깨 부분으로 면적이 줄어든다. 머리카락을 길게 기르면 이 부분은 머리카락으로 덮을 수 있다. 마침 사람의 머리털은 다른 동물의 털 길이 이상으로 아주 길게 자라날 수 있다.

게다가 몸에 털이 없고, 땀을 잘 흘리는 특징까지 보태면, 사람은 낮 동안 뜨거운 곳에서 활동하기에 굉장히 유리하다. 사라 에버츠는 자신의 저서 《땀의 과학》에서 이 점을 특히 강조했다. 땀을 흘리면 그만큼 몸의 열을 식힐 수 있어서 더운 날씨에도 오래 활동할 수 있다. 빽빽한 털이 많은 판다는 높은 산의 추운 날씨는 잘 버틸 수 있지만, 더운 여름날 뙤약볕에서 오래 활동하기에는 사람보다 훨씬 불리하다.

두 발로 걷는 자세는 넘어질 듯 말 듯 하면서 몸무게를 이용하기 때문에 훨씬 힘이 덜 들고, 오래 움직이는 데 유리하다. 단거리를 재빨리 달린다면 물론 사람이 사자나 영양보다 훨씬 느리지만, 장거리를 꾸준히 걸을 때는 사람이 더욱 유리한 몸을 갖고 있다. 판다는 빠르게 많이 움직이지도 못하지만, 그나마 열심히 움직이다 보면 자주 쉬어야 한다. 농담처럼 인용되는 결과이기는 하지만, 영국에서 정기적으로 벌이는 말과 사람의 장거리 경주 결과를 보면, 대개 사람이 1위를 차지한다. 단거리에서 빨리 달리는 능력은 당연히 말이 사람보다 훨씬 뛰어나지만 아주 먼거리를 달리기로 하면 꾹 참고 오래 버티는 재주는 사람이 말보다도 뛰어나다는 뜻이다.

두 발 걷기를 이용해 더운 낮에 동물을 사냥하며 끈질기게 오래 따라붙는 재주는 침팬지나 고릴라 같은 동물은 흉내 내기 어려운 일이다. 사람을 생존하고 퍼져나가게 만든 사람의 고유한 특기다. 나는 인생을 살다가 더 노력해야 할 일이 있는데 자꾸 포기하고 싶어서 걱정이라면, 끈질기게 들러붙는 재주야말로 DNA에 새겨져 있는 사람의 본능이라는 사실을 돌이키며 다시 마음을 다잡아도 좋을 거라고 생각한다.

손을 쓴다는 것

돌도끼에서 핵폭탄까지

호모에렉투스가 두 발로 잘 걸을 수 있을 때 가질 수 있는 두 번째 장점이자, 가장 확연히 눈에 뜨이는 특징은 손을 자유롭게 쓸 수 있다는 점이다. 판다가 사람이나 먼 옛날 호모에렉투스를 바라보았다면 가장 부러워했을 장점 또한 바로 손일 거라고 상상해 본다. 손을 자유롭게 쓸 수 있게 되면 갖가지 다양한 도구를 만들 수 있고 도구를 더욱 잘 쓸 수 있게 된다. 대나무를 요리조리 들고 움직이고 부러뜨리고 정리하고 다루기 좋게 가공하는 것쯤은 일도 아니다. 호모에렉투스 정도의 실력이면 두 손으로 돌을 들고 이리저리 깨뜨려 아슐리안 석기 정도 되는 도구를 만들 수 있다. 그들의 이빨이 여우보다 날카롭지는 않을 것이고 그 손톱이 늑대 발톱보다 강할 리도 없다. 하지만 일단 돌도끼 정도의 도구만 개발되어도 그런 비교는 무의미해진다. 돌도끼를 휘두르면 어지간한 동물의 이빨이나 발톱보다는 훨씬 센 공격을 할 수 있다. 판다의 이빨은 대나무를 씹고 부수는 데 매우 뛰어나지만, 아무리 그래도 사람이 손으로 만들어낸 돌도끼로 대나무를 찍는 것만큼 오래, 강하게, 특화된 용도의 결과를 내기란 쉽지 않다.

게다가 사람은 뛰어난 두뇌까지 있다. 두뇌와 손이 함께 도구들을 만들어 사용하는 재주는 세월이 갈수록 강력해졌다. 돌도끼를 만들던 솜씨로 점점 더 좋은 것을 만들 궁리를 해서 창을 만들었고, 결국은 원자폭탄과 제트전투기까지 만들어낸 게 우리 종족의 역사다. 긴 세월 이어진 우리 종족의 역사를 살펴본다면, 돌도끼로 대나무를 찍고 가공하는 사람들의 모습을 판다가 부러워한 지 얼마 지나지 않아, 사람들은 전기톱을 들고 대나무 숲에 나타난 셈이다.

나눔은 손의 본능

엄지손가락이 없다면?

사소한 일에서도 손을 잘 쓰는 것은 좋은 점이 많다. 예를 들면, 물체를 잘 던질 수 있다. 사람만큼 강하게, 정확히 돌을 던질 수 있는 동물은 매우 드물다. 호모에렉투스만 하더라도 여차하면 돌을 던져 사냥감을 공격했을 것이다. 이렇게 하면 팔다리가 닿지 않는 멀리 있는 적까지도 공격할 수 있다. 도망쳐야 하는 동물 입장에서 보면, 멀리 떨어져 있는데도 적이 나를 해칠 수 있다는 것은 상상을 초월하는 놀라운 공격법이다. 마치 칼을 들고 싸우는데, 활이나 총을 든 상대가 나타난 느낌일 것이다.

심지어 대니얼 리버먼은 저서 《우리 몸 연대기》에서 손이 발달해 있으면, 수컷이 암컷에게 선물을 건네주기 좋아서, 짝짓기 상대의 마음에 들 확률도 높아질 거라는 설까지 소개하고 있다. 확실히 손이 자유로운 동물은 남에게 무언가 주기에 편하다. 물건을 줄 때, 개처럼 입으로 물거나, 고양이처럼 발로 쳐야 한다고 생각해 보자. 그에 비해 사람의 손은 훨씬 편하게 많은 것을 나누어 줄 수 있다. 그렇다면 남에게 무엇인가를 잘 줄 수 있어서 서로 도울 수 있다는 것 또한 사람이 가진 본능적인 장점이 아닐까.

사람의 손 구조는 물건을 붙잡고 조작하기 좋은 모양이다. 엄지손가락이 좋은 위치에 붙어 있다는 점은 특히 눈에 뜨인다. 사람의 손을 보면 네 손가락이 나란히 있는데 엄지손가락은 위치가 다르고 방향도 좀 다르다. 물건을 움켜쥘 때 엄지손가락과 다른 손가락은 맞붙는 모양이 되어 물건을 쉽게 잡을 수 있다. 발가락은 그렇지 않다. 엄지발가락도 나머지 네 발가락과 같은 방향이다. 그래서 어떤 작업이든 발로 하면 손으로 하는 것보다 훨씬 어렵다. 한국어 표현 중에 뭘 잘 못했을 때, "발로 했냐?"라고 비아냥거리는 말이 있다. 이는 그만큼 발과 손의 모양은 다르고 엄지손가락의 모양이 쓰기 좋은 형태라는 의미다. 시험 삼아 엄지손가락을 쓰지 않고 뭔가를 해 보면, 하다못해 숟가락, 젓가락을 드는 것조차 훨씬 투박한 모습이 된다. 엄지손가락이 없으면 한 손으로 컵을 드는 것조차 쉽지 않다.

판다의 여섯 번째 손가락

쓸모없음의 쓸모

호모에렉투스는 두 발로 능숙하게 걸을 수 있어 두 손을 자유롭게 이용하고, 온갖 도구도 만들어 한반도 각지에서 적응해 나갔을 것이다. 이 모습을 옛날 판다의 조상이 보았다고 상상해 보자. 어쩌면 그때 그 판다의 조상은 엄지손가락이 유용한 위치에 달린 호모에렉투스의 손 구조를 굉장히 부러워했을 것이다. 사람처럼 생긴 손만 있다면 대나무를 붙잡고 다듬어가며 한참 뜯어 먹을 때, 너무 편하기 때문이다. 그러나 곰 발은 그런 모양이 아니다. 곰 발바닥을 보면 개 발바닥처럼 발가락들이 그냥 한쪽으로 뻗어있다. 과연 판다는 이런 신체 구조의 문제를 어떻게 해결했을까?

먼 옛날, 판다의 조상 동물 중 한 마리가 우연히 손목뼈 한쪽이 약간 튀어나온 특이한 모습으로 태어났을 것이다. 아마 한눈에 알아볼 만큼 큰 차이는 아니었을 것이다. 어떤 사람은 귀가 좀 크고 어떤 사람은 눈이 좀 작은, 그 정도였을 것이다. 처음에는 쓸데없이 손목뼈가 튀어나와 있어 좀 걸리적거렸을 테고, 땅을 짚고 다닐 때면 튀어나온 부분 때문에 불편했을 수 있다. 그런데 대나무를 먹을 때 튀어나온 손목뼈에 걸치고 먹으면 상당히 편하다는 사실을 알게 되었다. 대나무를 좀더 쉽게 먹을 수 있게 된 그 동물은 잘 먹고 잘 살았다. 새끼도 많이 낳았다. 자연히 새끼들은 어미를 닮아 손목뼈 한쪽이 튀어나온 모습으로 태어났다. 그 새끼 중에서도 손목뼈가 좀더 많이 튀어나온 녀석이 대나무를 더욱 편하게 잘 먹었고, 자연히 잘 살아 새끼를 더 많이 쳤다. 이런 식으로 대나무를 가장 잘 먹을 수 있는, 가장 많이 튀어나온 손목뼈가 있는 새끼가 더 번성하는 일이 긴 세월 반복되었다.

세월이 흘러 현재와 비슷한 판다라는 동물이 탄생할 즈음에는 튀어나온 손목뼈가 사람의 엄지손가락 길이만큼 길어졌다. 그 덕분에 판다는 마치 호모에렉투스나 사람이 대나무를 쥐듯이 대나무를 앞발로 붙잡고 귀엽게 뜯어 먹을 수 있게 되었다. 그 덕택에 대나무만 먹고 사는 판다 고유의 습성이 발달하기에 더욱 더 유리해졌다. 그러므로 판다의 앞발에 있는 손가락

보이나요? 여섯 개의 손가락.

을 세어보면 다섯 개가 아니라 여섯 개다. 엄지손가락 역할을 하는 것은 사실 손가락이 아니지만, 손가락 길이만큼 튀어나온 손목뼈라서, 그것까지 손가락처럼 보이기 때문이다.

진화의 방향

판다에게 손으로 무얼 하냐고 물어보면

과거 판다의 조상이었던 동물의 손 모양은 대나무를 먹기에 불리한 곰 손 구조였다. 엉뚱하게도 손목뼈의 모양이 변하는 방식이었지만, 그래도 꾸역꾸역 버티면서 적응한 끝에 불리한 특징을 넘어서서 결국 귀여운 모습이 되었다. 힘든 일, 불리한 일이 있어도 어떻게든 적응하려고 하다가 귀여운 모습이 되는 것, 나는 이런 것이 어쩌면 판다의 인기 비결이고, 판다 정신이라고 생각한다.

판다의 엄지손가락은 진화라는 현상을 이해하는 데 좋은 사례이다. 진화는 항상 발전하는 쪽으로만 이루어지는 것이 아니고, 치밀한 계산으로 몸이 변화하는 것도 아니다. 모든 것이 점점 좋아지는 쪽으로만 이루어지지도 않는다. 판다 조상의 손목뼈가 처음 튀어나왔을 때는 약간의 장점이 있더라도 걸리적거린다는 느낌이 더

켰을지도 모른다. 그렇지만 세월이 흐르는 가운데 최대한 적응해서 살아남으려고 하다 보면 생명체는 어떻게든 자기 몸을 가능한 한 유용한 방향으로 활용하려 애쓴다. 그러다 보면 손목뼈를 대충 손가락처럼 쓰게 된 판다라는 멋진 동물이 탄생하게 된다.

반대로 생각하면 문득 이런 생각도 든다. 어쩌면 세상에 꼭 필요한 것도 판다의 손가락 정도가 아닐까. 먼 옛날, 사람의 조상은 높은 가지에 있는 과일을 따기 위해 일어섰고, 호모에렉투스는 긴 시간 동안 걸어 다니기 위해 곧게 서서 두 다리로 땅을 디뎠다. 여기까지는 좋았다. 하지만 사람이 손을 사용해 보여 준 새로운 길 중에 과연 좋은 것만 있을까?

현대의 사람은 손으로 무엇을 해냈냐는 질문을 받는다면, 그 손으로 우라늄을 정밀 분석할 수 있는 기계를 발명했다고 답해야 할까? 그래서 핵분열 물질을 농축하고 그것으로 핵폭탄을 만들어 한 번에 도시 하나를 파괴할 수 있게 되었다고 으스댈 수 있을까?

판다에게 손으로 무엇을 하냐고 물어보면, 한참 고민하다가 이렇게 대답할 것이다. 정확한 원리는 잘 모르겠다고, 하지만 손을 이용해서 이렇게 잡고 먹으면 대나무 먹을 때 덜 흘리고 맛있는 부분을 잘 먹을 수 있다고. 아마 기쁜 표정으로 말할 것이다. 사람의 손이 가진 장점도 무시할 수만은 없지만, 적어도 오늘 기분은 판다 같은 친구와 같이 지내고 싶다.

판다 Q&A

Q. 판다는 눈치가 백 단이다?

A. 말이나 토끼 같은 동물을 보면 각각 눈이 왼쪽 오른쪽, 즉 옆쪽 방향을 보고 있다. 그래서 말이나 토끼를 그림으로 그려 보라고 하면 대부분 사람들은 앞모습을 그리기보다는 옆모습을 그린다. 그에 비해 사람이나 올빼미 같은 동물은 두 눈이 모두 앞쪽을 보고 있다. 그렇기에 올빼미를 그려 보라고 하면 대부분 앞모습을 그린다. 사람이나 올빼미처럼 두 눈이 같은 방향을 보고 있으면, 넓은 범위를 감시하기는 불편하지만 원하는 방향을 더 정확히 볼 수 있고 입체감까지 잘 느낄 수 있다. 항상 맞는 법칙이라고 할 수 있는 문제는 아니지만, 이런 이유 때문에 천적을 발견하면 얼른 도망가야 하는 토끼 같은 약한 동물은 두루두루 넓은 범위를 보기 위해 눈이 양옆을 보고 있고, 목표물을 발견해서 집중적으로 쫓아가야 하는 강한 동물일수록 눈이 앞을 보고 있는 경우가 많다.

판다는 사람에 비하면 시력이 좋다고는 할 수 없다. 하지만 재미있게도 사실상 초식동물이면서도 사람처럼 두 눈이 모두 앞쪽을 보고 있어서 원하는 물체를 집중해서 볼 수 있는 구조로 되어있다. 또한 곰과 동물인 만큼 판다는 후각이 뛰어나기에 자신에게 필요한 것을 멀리서 감지하는 능력을 충분히 갖추고 있다.

Q. 한국인들은 왜 푸바오를 좋아할까?

A. 판다가 대중들에게 큰 인기를 얻는 현상은 1970년대 중국의 판

다 외교 성공 이후로 주요 국가에서 항상 나타나던 현상이다. 멕시코에서 판다의 출산을 기념해 가수가 노래를 발표하고 그 곡이 큰 인기를 얻어 국민가요처럼 널리 퍼졌던 사례를 생각하면, 한국에서 나타난 판다의 인기도 당연하다고 볼 수 있다. 따라서 한국의 판다 인기는 다른 나라에서 먼저 벌어졌던 판다 돌풍을 잘 참고하여 차근차근 진행했던 판다 홍보가 예상대로 성공을 거둔 것이라고 볼 수 있다. 오히려 반대로 1990년대, 처음 판다가 한국에 들어왔을 때 IMF 외환위기와 시기가 겹치면서 예상에 비해 성공을 거두지 못했던 사례가 무척 특이한 현상이라고 볼 만하다. 말하자면, 판다조차도 IMF 외환위기가 한국 현대사에서 얼마나 큰 영향을 미친 놀라운 사건이었는지를 증명하고 있는 셈이다.

드문 예이지만, 중국에서는 판다가 고기를 뜯어 먹는 사례가 촬영된 적도 있다.
그러니까 판다가 다른 동물을 사냥하고 고기를 뜯어 먹으려고 들면
먹을 수도 있다는 이야기다. 그런데도 판다는 과연 무슨 이유로
고기를 먹지 않는 걸까? 왜 대나무만 고집해서 먹을까?
그 이유는 짧게 말하자면 그냥 그러고 싶지 않기 때문이다.

PART 3

판다는 자기가 좋아하는 맛을 즐기는 데 집중한다

대나무는 철마다, 땅마다
그 맛이 오묘하게 다르다!
이 맛을 누가 알까?

판다의 소화 마법

잡초를 석유처럼 연료로 쓸 수 있을까?

판다에 관한 논문에는 판다가 먹는 식사의 99% 이상이 대나무라는 문구가 자주 보인다. 99% 이상이라면 거의 대나무만 먹고 산다고 볼 수 있다. 동물치고는 흔하지 않은 식성이다. 한 가지 음식만 먹는 동물은 많지 않다. 돼지는 잡식동물이니까 빼더라도 고양이 같은 육식동물, 소나 염소 같은 초식동물을 키워보면 한 가지 음식만 먹지는 않는다. 소나 염소는 옥수수 같은 곡식을 비롯해 들판에 난 여러 종류의 풀을 먹을 수 있다. 고라니 같은 동물도 겁이 많고, 체구는 작은데다 늘씬해서 뭘 잘 안 먹을 것 같지만, 막상 식성을 살펴보면 상당히 다양하게 먹는다. 풀과 나뭇잎은 물론, 사람들이 농사지은 채소까지 골고루 뽑아 먹는다. 그런데 덩치가 크고 식성이 좋아 보이는 판다는 왜 대나무만 열심히 먹는 것일까? 사실 여기서 '왜'보다 더 중요한 질문은 '도대체 어떻게 대나무를 먹을 수 있느냐'이다.

사람은 온갖 음식을 다양한 방법으로 잘 먹는 축에 속한다. 예를 들어 대부분의 포유동물이 몸에 강한 충격을 주는 독약처럼 여겨 싫어하는 고추조차도 사람은 그냥 유쾌한 양념으로 여기며 곧잘 씹어 먹는다. 먹으면 죽는다는 복어 역시 독이 있는 부위를 최대한 발라낸 뒤 어떻게든 먹는 방법을 개발했다. 만약 사람이 무인도에 갇혀 먹을 것이 떨어졌는데, 주위에 대나무만 있다고 해보자. 이럴 때 사람은 대나무를 먹을 방법도 어떻게든 개발할 수 있을까?

대나무보다 훨씬 더 야들야들한 채소라도 사람은 그것만 먹고 살기란 쉽지 않다. 이것이 판다와 사람의 가장 큰 차이다. 대나무숲만 있는 무인도에 사람과 판다가 남겨지면 사람은 먹을 것이 없다며 절망하겠지만, 판다는 "그래도 여기는 먹을 것은 넉넉하네"라고 안심할 것이다.

대나무를 비롯한 많은 식물의 기본 성분은 '셀룰로오스'라고 하는 섬유소다. 섬유소는 강한 성분이다. 식물은 광합성을 통해 몸속에서 포도당을 만들고, 그 포도당을 재료로 사용해서, 말하자면 찌고 굳히는 방식으로 섬유소를 생성한다. 이렇게 만든 섬유소는 무척 질기다. 섬유소라는 말 자체가 '실의 성분'이라는 뜻이다. 식물에서 섬유소 성분을 잘 뽑아내 엮으면 실이 되고, 실을 잘 꼬아내면 밧줄이 된다. 섬유소는 밧줄만큼 질긴 성분이다. 실제로 식물의 몸체인 지푸라기를 그대로 꼬아 만드는 새끼줄이 있고, 우리가 옷감 재료로 흔히 사용하는 면의 재질도 분석해 보면 주성분은 섬유소다. 우리가 입고 있는 속옷만큼 질긴 물질이라면, 그런 섬유소를 대체 어떻게 해야 먹을 수 있을까? 속옷을 어떻게 잘 끓이면 죽으로 만들어서 먹는 방법을 상상할 수 있을까?

만약 좋은 방법을 개발해 섬유소를 원료인 포도당으로 다시 분해할 수 있다면, 그 포도당을 영양분으로 흡수할 수 있을 것이다. 포도당은 이름처럼 달콤한 물질로, 포도나 과일에 들어있는 단맛을 내는 성분이다. 그러나 그런 방법을 개발하기란 쉽지 않다. 섬유소는 그만큼 질기고 억센 성분이기 때문이다. 섬유소가 얼마나 분해가 잘 안 되느냐면, 사람이 체중을 감량할 때 섬유질 성분이 많은 음식, 나물, 채소류 반찬, 샐러드를 먹으라고 권하는 것이 상식일 정도다. 많이 먹어도 몸에서 소화해서 영양분으로 바꾸기 어려워 살찌는 데 도움이 되지 않기 때문이다. 그래도 애써 밝은 면을 찾아보자면, 일단 대나무 정도면 식물 중에서는 조건이 좋은 편에 속한다. 대나무는 나무라는 이름이 붙어 있기는 하지만 사실 초본식물의 특징이 많이 나타나는 생물이다. 보통 육지에 사는 식물을 크게 나무와 풀로 구분한다. 나무는 대개 목본식물, 풀은 대개 초본식물이라고 보면 된다. 이 구분에 따르면 대나무는 이름과는 다르게 나무보다는 풀에 가깝다.

예를 들어, 나무는 시간이 지나 쑥쑥 자라면 계속 굵어져 아름드리나무가 된다. 그리고 그 과정에서 나이테가 하나씩 늘어난다. 대나무는 이런 성질이 부족하다. 큰 대나무라면 키가 큰 것이지 굵기가 계속 굵어지지는 않는다. 그래서 대나무는 나무의 딱딱한 성분에 해당하는 리그닌이 다른 나무에 비해 적다. 리그닌이라는 성분은 섬유소보다 더 딱딱하고 튼튼하다. 이런 리그닌을 분해해서 포도당 같은 달콤한 물질을 만들 방법을 찾기는 더욱더 어렵다. 판다는 그런 대나무를 씹어 먹는다. 섬유소도 먹고 리그닌도 먹는다. 물론 판다가 체중을 감량하려고 대나무를 먹는 것은 아니다. 체중 감량은커녕 대나무만 먹고도 수십 kg씩 살찌고 몸을 키운다. 도대체 어떻게 그럴 수가 있을까?

만약 대나무를 소화할 방법을 우리가 배울 수만 있다면 엄청난 기술이 될지도 모른다. 산에서 적당히 잘 자라나는 잡초를 잘라서 쌓아놓은 뒤에 '판다의 마법'을 발휘하면 그 잡초가 모두 당분으로 변한다고 생각해 보자. 그러면 쉽게 얻은 당분으로 누구나 영양을 보충할 수 있다. 식량문제가 간단히 해결된다는 뜻이다. 당분을 에틸알코올로 바꾸는 것은 그다지 어렵지 않기 때문에 이렇게 얻은 무한정의 당분으로 에틸알코올을 만들면 연료로 쓸 수도 있다. 판다의 마법이면, 잡초를 잘라다가 석유처럼 자동차를 움직이고 기계를 움직이는 데 쓸 수도 있는 것이다. 만약 이런 일을 고효율로 해낼 수 있다면, 산과 들에 널린 잡초들이 석유를 캐내는 유전으로 변하는 셈이다. 실제로 환경 분야에서는 에너지 문제를 해결하고 화석연료의 사용을 줄이기 위해 이런 연구를 하는 사람들도 많다. 2010년대 중반에 농업진흥청 주도로 전라북도 익산 지역에 풍부한 억새를 가공해서 에틸알코올을 만드는 실험이 활발히 진행된 적도 있었다.

판다가 화학을 배워 이런저런 연구를 했을 리 없다. 실험 도구를 이용해 대나무 속의 섬유소와 리그닌을 당분으로 바꾸어 먹는 건 당연히 아니다. 그렇다면 판다는 어떤 기이한 방법을 사용하는 걸까?

그래도 고기 대신 대나무

침착하게 잘 깨물어 먹으면

판다의 소화법에 대한 힌트를 얻을 수 있는 곳은 대구의 '안지랑 곱창골목'을 비롯한 전국의 곱창 요리 전문점이다. 한국에서 특히 발달한 곱창 식당에는 '양곱창'을 취급한다고 써놓은 곳도 있다. 메뉴에서도 흔히 '양'이라는 글자를 발견할 수 있다. 이때 양곱창은 양이라는 동물의 내장을 말하는 게 아니다. 소의 위 부위 중에 앞부분을 '양'이라고 부른다. 한편 소의 위 중에서 중간 부분은 흔히 '처녑'이라고 한다.

소의 위를 이렇게 여러 이름으로 부르고 부위별로 요리를 다르게 하는 이유는 소의 위가 하나의 주머니처럼 생기지 않고, 4단계의 구조로 복잡하게 나뉘기 때문이다. 목구멍에서 가까운 순서대로 혹위, 벌집위, 겹주름위, 주름위라고 부른다. 보통 요리에서는 혹위와 벌집위 쪽을 양이라고 하고, 겹주름위 쪽은 처녑이라고 한다.

소의 위 구조는 왜 이렇게 복잡할까? 어린 시절 곱창을 먹을 때, 그게 굉장히 궁금했다. 나는 어릴 적부터 순대를 좋아했는데, 돼지의 위장이 이렇게 복잡하게 나뉘어 다양한 요리 재료로 쓰인다는 이야기를 듣지 못했다. 그래서 소 곱창 요리에서 위장의 이름이 이렇게 다양하게 불린다는 게 이상해 보였다. 소의 몸이 어떤 점에서 돼지나 다른 동물과 다르길래 위장 구조가 이렇게 이상할까. 이것이 소가 살아가는 데 도움이 될까?

소의 복잡한 4단계 위는 소가 풀만 먹고도 살이 찌는 특징과 연결되어 있다. 사료나 곡식을 먹여서 소를 키우기도 하지만 풀이나 여물만 만들어 먹여도 소는 분명히 잘 자라고 활발히 활동할 수 있다. 사람의 몇 배나 되는 크기와 무게로 덩치가 커질 수도 있다. 소에게 풀은 다이어트식이 아니다. 그 말은 소 또한 풀의 주성분인 섬유소를 분해하여 몸속의 영양분으로 바꾸는, 마법 같은 소화 능력을 갖고 있다는 뜻이다.

섬유소를 분해하고 처리할 어떤 물질을 뿜어내는 부위가 소의 몸속에 따로 있는 것은 아니다. 사람은 몸속에서 녹말을 분해하는 아밀레이스와 단백질을 분해하는 펩신을 분비한다. 그렇지만 사람이든 소든 섬유소, 셀룰로오스를 분해하는 셀룰레이스 같은 효소를 뿜어낼 재주는 부족하다. 그래서 소는 단백질이나 녹말을 소화하는 것과는 전혀 다른 방식으로 질기고 질긴 섬유소를 분해할 수밖에 없다. 그 방법은 바로 섬유소를 분해할 수 있는 미생물을 자기 배 속에 키우며 공생하는 것이다. 사람이 유산균을 먹으면 소화에 도움이 되는 것처럼, 소는 자기 배 속에서 섬유소 소화에 도움을 주는 미생물을 키운다. 섬유소를 잘 분해하는 화학반응을 일으키는 물질을 스스로 내뿜을 수 있는 동물은 흔치 않다. 굳이 찾아보자면 곤충류 몇 가지 정도다. 그렇지만 미생물들은 섬유소를 분해하고 파괴해서 먹어 치울 수 있다. 풀이나 나무를 잘라 놓으면 썩는 이유가 바로 그 때문이다. 무언가 썩는다는 말은 미생물이 그 물질을 먹고 파괴해서 원래 상태와 다르게 바꿔 놓는다는 뜻이다. 그런 식으로 미생물이 풀을 삭혀 놓으면 소가 그것을 먹는 셈이다.

그래서 소를 비롯한 많은 동물들은 널찍하고 복잡한 구조로 된 위 속에 미생물이 오랫동안 활동할 수 있는 적합한 공간을 두어 음식이 들어오면, 우선은 미생물이 그것을 먹게 한다. 그 과정에서 미생물이 뿜어내는 물질로 음식을 소화시킨다. 미생물이 음식을 발효시키고 삭힌다고 생각해도 좋다. 이렇게 삭히는 과정은 충분한 시간이 필요하기에 소는 음식을 한 번 먹고 나서도 한참 동안 되새김

질을 한다. 소뿐만 아니라 사슴, 고라니, 낙타, 양 등 많은 동물이 바로 이렇게 배 속에서 미생물을 기르면서 그 미생물이 섬유소를 분해해 주는 반응을 통해 영양분을 빨아들인다. 염소 중에는 이런 반응을 특히 잘 일으키는 종도 있는데, 염소가 종이를 씹어 먹거나 옷을 뜯어 먹었다는 이야기가 종종 나오는 이유가 바로 이것 때문이다.

판다 역시 배 속에 있는 미생물들이 대나무를 분해하고, 그렇게 생긴 영양분을 판다의 내장이 빨아들인다고 생각해 볼 수 있다. 학자들은 판다 배 속에 정말로 섬유소를 분해하는 미생물이 있는지 찾으려 했다. 마침 이 작업에 성공한 학자도 있었다. 그래서 한동안 이것이 판다 마법에 대한 가장 좋은 해답이라고 보았다. 그런데 2010년대 중반에 다른 의견이 나오기 시작했다. 판다의 미생물들이 소의 배 속에 있는 미생물처럼 대나무를 삭혀주기에는 너무 부족하다는 연구 결과가 나온 것이다.

게다가 판다의 내장 구조가 초식동물보다 육식동물과 더 비슷한 점도 큰 문제였다. 섬유소를 오랜 시간 발효시키고 삭힐 수 있는 소의 4단계 위장이 판다에게는 없다. 오히려 창자의 길이가 짧은 편이라 풀보다 고기를 소화하기에 더 적합한 구조이다. 그런데 이 동물을 막상 산에 풀어놓으면 다른 동물을 사냥해 잡아먹으려 들지 않고, 자기 창자 구조와 상관없이 대나무만 끝없이 집어 먹는다. 이게 도대체 무슨 이상한 행동일까? 판다의 마법은 더욱 신비해 보인다. 마치 베토벤은 귀가 들리지 않게 되었지만, 오히려 더욱 아름다운 음악을 작곡했다는 이야기 같지 않은가?

판다의 소화법에 대한 수수께끼를 풀기 위해 최근 연구는 다시 상식적인 기초로 돌아가는 듯하다. 2023년 덩페이롱이 발표한 논문의 결론은 어이없게도 판다는 원래 대나무에 있는 섬유소나 리그닌을 별로 잘 분해하지 못한다는 쪽에 가깝다. 즉, 판다의 마법이란 없다는 말이다. 판다가 그걸 흡수하지 못해도 살 수 있는 이유가 무엇일까?

대나무의 주성분은 섬유소와 리그닌이지만, 대나무에는 그 외에 단백질도 좀 끼어있을 수 있다. 모든 생물의 몸에는 단백질이 있다. 단백질이 여러 가지 화학반응을 일으켜야만 생물이 살아갈 수 있기 때문이다. 그런 면에서 생물의 삶이란 단백질이 화학반응을 일으키는 과정의 연속이다. 사람이 걷고 달리고 말하는 것은 근육을 구성하는 단백질인 미오신이 화학반응을 일으키면서 방향에 맞춰 굽어질 때마다 근육이 오그라들기 때문에 가능하다. 사람이 밥을 소화하는 것도 내장에서 단백질로 된 각종 효소가 나와 음식을 분해하는 과정이다. 즉, 어떤 생물에도 적든 많든 단백질이 있기는 있다.

예를 들어 밀가루 음식이라고 하면 탄수화물 덩어리일 것 같지만, 밀가루조차도 단백질을 약 10% 정도 포함하고 있다. 쌀 역시 탄수화물(녹말)이 주성분이지만 단백질이 어느 정도 들어있다. 대나무에도 당연히 단백질이 조금은 들어있을 것이다. 판다가 침착하게 대나무를 잘 깨물어 먹으면 그 약간의 단백질을 평범하게 단백질 소화 방식대로 소화해 영양분을 흡수할 수 있다. 단백질이 특히 많은 대나무를 골라 많이 먹는다면, 더 많은 영양분을 얻을 수 있다.

대나무는 억센 식물이지만 사람 역시 대나무를 먹기도 한다. 예전부터 한식의 식재료로 널리 사용되던 대나무의 어린 순, 즉 죽순도 따지고 보면 대나무다. 죽순은 소화가 잘 되고 분해가 잘 되는 단백질 성분이 비교적 많다. 죽순의 단백질 함량은 32%로 대나무 잎의 19%보다 훨씬 높다. 죽순을 많이 먹으면 판다는 좀더 많은 영양을 흡수할 것이다. 물론 이것만으로 문제가 깔끔하게 설명되지는 않는다. 어떤 대나무의 무슨 성분이 판다에게 얼마나 필요한지는 아직 명확하지 않다. 판다가 몸에 필요한 모든 성분을 대나무만으로 어떻게 다 흡수하는지도 더 풀어내야 할 문제다.

판다의 비밀 영양제

대나무에 없는 건 배 속에 있다

그 성분 중의 하나로 사람이나 판다 같은 포유동물은 반드시 먹어야 하는 아미노산이 있다. 이것을 필수아미노산이라고 부른다. 생물의 몸을 구성하는 단백질은 약 20가지의 아미노산이 이리저리 조립되어 만들어진다. 그것만 몸에 충분히 갖추어져 있으면 간, 쓸개, 허파, 심장 등 몸의 어느 부위든 만들어진다. 반대로 말하면 그 20가지 정도의 아미노산 재료가 모두 잘 갖추어져 있어야 동물의 몸이 유지될 수 있다.

아미노산 대부분은 탄수화물이나 지방 등 음식에 있는 여러 다른 영양분을 재료로 삼아 몸에서 자체적으로 만들어진다. 그러나 몇몇 아미노산은 몸속에서 만들 수 없다. 사람의 경우, 밥만 먹어서는 아홉 가지 정도의 아미노산을 만들어낼 수 없다. 이 아홉 가지 아미노산을 사용해서 만들어야 하는 부위가 몸에 있으면, 그 아미노산은 따로 어딘가에서 들여와야 한다. 이것이 바로 사람의 필수아미노산이다. 이 때문에 사람은 여러 다양한 아미노산이 포함된 고기나 우유를 먹는다. 그게 아니면 필수아미노산이 포함된 다른 음식을 꼬박꼬박 먹어야 한다. 만약 설탕물만 먹고 필수아미노산 성분이 든 음식을 먹지 않으면, 살만 불어날 뿐 몸이 망가지고 병들게 된다. 채식을 결심한 사람들도 필수아미노산 부족 문제 때문에 영양제를 따로 먹어야 하는 경우가 있다.

그러나 판다는 음식을 골고루 먹지 않는다. 대나무만 계속 먹는다. 이렇게 되면 판다의 그 큰 몸을 만드는 데 필요한, 외부에서 흡수해야만 하는 필수아미노산을 구하기가 어려워져 제대로 자라지 못할 것이다. 그러나 판다는 대나무만 먹으면서도 잘 자라난다. 이것은 또 어떻게 가능한가?

덩페이롱 선생이 이끄는 연구팀은 한 논문에서 판다의 내장 속에 사는 미생물, 정확하게는 연쇄상구균(Streptococcus)류로 구분되는 세균 한 가지가 어떤 역할을 할 수도 있다고 설명했다. 판다가 스스로 만들지 못하는 아미노산들이 분명히 있다. 그런데 대나무를 소화하는 도중에 그 연쇄상구균이 판다 배 속에서 대나무를 먹고 몇 가지 아미노산을 만들어 뿜어내 준다는 이야기다. 이 생각이 맞다면, 판다는 비록 소처럼 배 속의 미생물이 소화를 크게 도와주지는 않지만, 배 속의 미생물이 영양제 성분을 만들어 준 덕분에 먹고 살 수 있게 된 셈이다.

MSG 맛을 못 느끼는 DNA

판다야말로 가장 정확한 맛 감별사

판다의 식성과 관련한 복잡한 연구를 보면, 도대체 왜 판다는 그냥 고기를 먹고 살지 않는지 궁금해진다. 식성과 반대로 판다의 내장은 고기를 더 잘 소화할 수 있는데 말이다. 사실 동물원에 있는 판다에게 다양한 음식을 먹여 보면 꼭 대나무가 아니라도 여러 가지 음식을 먹을 수 있다. 일부러 특별한 사료를 만들어서 먹이기도 한다. 드문 예이기는 하지만 중국에서는 판다가 고기를 뜯어 먹는 모습이 촬영된 적도 있다. 그러니까 판다가 다른 동물을 사냥하고 고기를 뜯어 먹으려고 들면 먹을 수도 있다는 이야기다. 판다는 과연 무슨 이유로 고기를 먹지 않는 걸까?

안 먹는 이유를 짧게 말하자면 그냥 그러고 싶지 않기 때문이다. 사람은 고기를 맛있다고 느낄 때가 많다. 개나 고양이 같은 몇몇 동물도 마찬가지다. 고기 맛 중에 빼놓을 수 없는 것이 감칠맛이다. 해외에서는 일본어에서 유래된 단어를 사용해 '우마미'라고도 부른다. 고기나 고기를 우려낸 국물에서 느껴지는 무엇인가 좋은 느낌은 바로 감칠맛 때문이다. 이 맛을 내는 핵심 조미료는 바로 '모노소듐글루타메이트', 즉 MSG다. 어떤 요리든 MSG를 넣으면

맛이 좋다는 평을 듣기 쉽다. 특히 한국은 MSG 대국이다. 전 세계에서 한국, 중국, 일본이 MSG를 많이 사용하는 편인데, 그 중에서도 한국은 1인당 MSG 소비량이 미국의 2배에서 3배에 달한다는 조사가 있을 정도다.

사람의 감각은 신경에 전기가 생기면 그 전기가 전달되는 형태로 뇌에 흘러간다. 전기가 뇌에 닿으면, 사람은 그 감각을 느끼고 있다고 판단하는 것이다. MSG 맛이라는 것도 결국 그 맛이 무슨 전기를 머리 속에 만들어 주도록 되어있어야 뇌가 그 맛을 느낄 수 있다. 그러므로 사람의 혀에는 정말로 그런 물질이 있고, 개의 혀

고기 맛은 모르지만 죽순 맛은 안다.

에도 있다. 판다는 어떨까? 판다의 유전자를 분석하기 위해 판다의 DNA를 살펴본 사람들이 있었다.

DNA는 모든 생물의 세포에 들어있는 아주 가느다란 끈 모양의 물질이다. 한 줄기로 가만히 펴놓으면 꼭 아주 작은 블록을 차곡차곡 쌓아 매우 길게 연결해 놓은 모양이다. 블록 하나의 크기는 100만분의 1mm 단위로 따져야 할 만큼 작지만, 그게 쌓여있는 개수가 엄청나게 많아서 전체 길이는 아주 길어진다. 사람의 경우 DNA를 한 줄로 모두 펼쳐놓으면 약 30억 개의 블록이 연결된 엄청나게 긴 모양이 된다. 그런데 그 블록 하나하나를 떼어놓고 살펴보면 가짓수는 네 가지다. 과학자들은 그 네 가지를 아데닌, 구아닌, 시토신, 티민이라고 이름을 붙였다. 즉 네 가지 블록을 연결해 특정한 순서대로 이리저리 조합하고 잘 연결해서 30억 개를 붙여놓으면 그것이 사람의 DNA가 된다.

만약 블록을 연결하는 순서가 좀 바뀌거나 블록을 연결하다 말았다면 사람이 사람 같지 않은 모습으로 자랄 수 있고, 사람이 아닌 다른 동물이나 식물의 DNA가 된다. 이렇게 DNA의 단위가 되는 블록을, 염기성을 띤 것처럼 생긴 부위가 보인다고 해서, 흔히 그냥 염기라고 부르기도 한다. 다시 말해 DNA를 살펴본다는 것은 그 DNA를 이루는 네 가지 염기가 어떤 차례로 연결된 모양인지를 본다는 뜻이다.

개의 DNA 역시 대략 수십억 개의 염기가 연결된 형태이다. 그 중간에 2526개의 염기가 특정한 방식으로 줄줄이 연결된 부분이 있다. 이 부분이 개의 몸속 세포 안에서 화학반응을 일으키면 신기한 물질이 하나 생겨난다. 그것이 바로 개의 혓바닥 위에서 MSG를 만나 전기를 생성하는 데 도움을 주는 물질이다. 사람의 DNA에도 이런 역할을 하는 부위가 있다. 그 때문에 사람도 마찬가지 역할을 하는 물질이 몸에서 생겨난다. 그 물질이 혀에 생기기 때문에 개든 사람이든 혓바닥에 MSG가 닿으면 전기가 생기고, 그 전기가 뇌에 전달되면 '어떻게 이렇게 맛있게 만들었을까'라고 느끼게 된다.

판다의 DNA 중에도 개의 DNA에서 찾아낸 그 2526개의 염기와 무척 비슷해 보이는 부위가 있다. 그런데 자세히 살펴보니 정확히 똑같지 않고, 살짝 오류가 있는 상태로 들어있다는 사실이 발견되었다. 오류가 별로 크지는 않지만 그래도 오류는 오류다. 그래서 판다는 몸속에서 그 부분의 DNA가 일으키는 화학반응이 정확히 일어나지 못한다. MSG가 혀에 닿았을 때 전기를 만드는 물질도 생기지 않는다.

그래서 판다는 고기에서 나는 감칠맛을 느낄 수가 없다. 판다는 MSG를 넣는다고 해서 더 맛있다고 느끼지 못한다. MSG를 전혀 안 쓰고 맛을 잘 내는 음식점을 뽑는 대회를 한다면, 판다야말로 가장 냉정하고 정확하게 맛을 감별할 수 있을 것이다.

특별한 입맛의 탄생

고기 맛을 몰라 살아남은 건 아닐까

판다의 입맛이 왜 고기 맛을 못 느끼는지 정확하게는 알 수 없다. 이런 장면을 상상해 보자. 지구에서 멀리 떨어진 은하수 저편, 어느 이상한 별이 있다. 어느 날 그 별에서 불길이 세게 치솟으며 우주 사방으로 강한 우주방사선이 뿜어져 나왔다. 그중 한 가닥이 긴 세월 아무것도 없는 우주공간으로 퍼져 1만 3000년 동안 날아간 끝에 하필, 지구에 도달했다. 그리고 지구에서도 하필, 새끼 판다를 임신한 어미 판다에게 떨어졌다. 우주방사선은 새끼 판다 몸에 들어갔다. 또 하필, 새끼 판다의 세포 DNA가 있는 곳에 말이다. 우주방사선이 DNA에 부딪힌다. 그래서 DNA의 염기 한두 개가 망가진다. 판다의 DNA는 약 26억 개의 염기로 되어있는데, 그 많은 염기 중에 하필, 감칠맛을 느낄 수 있게 만드는 부위에, 1만 3000년 전 어느 별의 폭발에서 나온 그 우주방사선이 적중한 것이다. 바로 그 때문에 판다 한 마리가 고기의 감칠맛을 느끼지 못하는 특이체질로 태어나게 된다.

진화가 일으키는 변화는 이런 식으로 우연에 의해 일어난다. 고기의 감칠맛을 못 느끼는 그 판다는 특별히 고기를 탐내지 않고 그냥 부지런히 대나무만 먹는다. 그에 비해 다른 판다들은 고기가 맛있어서 다람쥐나 토끼를 잡아먹으려고 뛰어다닌다. 그러나 이 시대는 험난한 시대다. 다람쥐를 사냥하려다가 괜히 삐끗해서 다치는 판다도 생기고, 토끼를 사냥하려고 뛰어다니다가 지쳐있을 때 오히려 늑대에게 공격당해 목숨을 잃는 판다도 나온다. 그렇다 보니 그냥 널려 있는 대나무를 먹는 데 집중한 판다, 고기 맛을 느끼지 못하는 판다만 살아남는다. 그래서 이 판다는 자손을 남긴다. 자손도 어미 판다를 닮아 MSG 맛을 느끼지 못한다. 그 체질 덕분에 대나무만 열심히 먹기에 역시 잘 살아남아 많은 자손을 퍼뜨린다. MSG 맛을 느끼지 못하는 판다는 점점 더 번성하여 결국 지금의 판다가 된다. 이과정에서 판다는 대나무를 먹는 데 더 집중하게 되고, 몸의 다른 모습도 대나무를 먹기에 유리한 쪽으로 진화한다.

판다의 진화가 실제 이렇게 일어났는지는 알 수 없다. 1만 3000년 동안 은하수를 건너온 우주방사선이 아니라 그냥 단순한 자외선이 DNA를 바꿔놓았는지도 모른다. 그렇지만 대략적인 줄거리는 이와 비슷할 것이다. 물론 판다 중에 다른 특이체질로 태어난 개체도 많을 것이다. 그러나 그 특이체질이 삶을 사는 데 특별히 도움이 안 되면, 그 판다는 오래 살아남아 새끼를 많이 치지 못했을 것이다. 예를 들어 괜히 호랑이 굴에 찾아가서 호랑이를 때리기 좋아하는 취미가 있는 특이체질 판다가 탄생했다고 치자. 이런 판다

새끼도 어미 판다를 닮아 MSG 맛을 느끼지 못한다.

는 불행히도 자신의 특이한 취미 때문에 호랑이의 반격으로 허무하게 일찍 목숨을 잃을 것이다. 자신과 습성이 닮은 자손을 남기지 못하고 사라진다.

MSG 맛을 못 느끼는 체질이라고 하면 언뜻 보기에 뭔가 부족한 것 같다. 그러나 그런 체질이라고 할지라도, 그것이 오히려 판다가 살아남아 널리 퍼져나가기에는 유리했기 때문에 그 특성이 지금껏 유지된 것으로 추측해 볼 수 있다.

그렇지만 오늘은 대나무를 씹는 판다가 고기를 먹는 불곰과 북극곰을 본다 해도 별로 부러워하지 않을 거라는 상상을 한번 해본

"내가 좋아하는 대나무만 충분히 먹고 살면 그게 좋은 거 아닌가?"

다. 큰 곰들이 보여주는 화려한 사냥 솜씨와 거창한 고기로 된 음식을 보면, 그런 모습으로 강하다는 점을 과시하는 것이 가끔 멋있어 보일 수도 있다. 그게 높은 위치에 있는 짐승이고, 남들이 다들 우러러보는 모습처럼 보일 때도 있을 것이다. 나 또한 과거를 돌아보면, 남들이 좋다고 하는 것을 갖고 싶어 하고 남들이 더 높은 위치라고 하는 위치에 도달하기 위해서, 나 스스로는 별로 좋아하지도 않는 것을 가지려고 애쓰고, 별로 좋아하지도 않는 일을 하려고 한

적도 있었다. 그래야 남들이 부러워하고 다른 사람보다 더 좋은 것을 누리고 있다고 보여줄 수 있었기 때문이다.

그러나 내가 어차피 고기의 MSG 맛을 느끼지도 못한다면, 고기 먹는 사람들이 고기가 더 좋은 음식이라고 한다는 이유로 꼭 고기를 먹으려고 애써야 할까? 비싸고 좋은 상표라고 하니까 나한테 잘 어울리지도 않지만, 심지어 불편하지만, 그저 그 상표를 보여주기 위해서 그 상표가 달린 옷을 입고 걸어 다니는 꼴 같지 않은가? 대나무를 씹어 먹는 게 오히려 더 기분 좋고 부담 없다면, 굳이 고기를 먹으려 들 필요 없이 내가 좋아하는 대나무만 충분히 먹으면서 살면 그게 좋은 것 아닌가. 나는 그런 판다 정신으로 쓸데없이 허상과 같은 목표를 사냥하려고 하던 시절을 반성하고자 한다.

판다 Q&A

Q. 같은 대나무라도 맛이 다를까?

A. 보통 우리가 대나무라고 묶어 부르는 식물에는 해장죽, 맹종죽, 오죽, 솜대, 이대, 조릿대 등 수천 종의 서로 다른 대나무 종들이 포함된다. 이런 대나무들은 사과와 배가 다른 것만큼 서로 다르다. 그러므로 영양분이나 질감에도 큰 차이가 나는 것들이 많다. 한국에서 죽순 요리를 할 때 먹는 것은 왕대라고 부르는 종이고, 대나무의 순이라고 해서 아무 대나무나 모두 사람이 먹을 수 있는 것은 아니다. 판다에게도 먹을 수 있는 대나무 종이 있고, 먹을 수 없는 대나무 종이 있다. 판다에 따라서는 극히 식성이 까다로워서 특정 종의 대나무 중에서도 특정하게 선별된 것만을 먹는 사례도 있다. 보도를 보면 현재 한국에서 자라고 있는 판다들은 그나마 비교적 입맛이 너그러운 편으로, 솜대와 왕대 등 서로 다른 대나무 몇 가지를 먹는다.

Q. 한국의 판다가 먹는 많은 대나무는 다 어디서 구해?

A. 한국에 판다를 빌려준 중국 당국의 사육사는 판다가 먹기에 적합한 대나무를 선정해 준다고 하면서 2015년 12월부터 대략 다섯 달 동안 담양, 산청, 사천, 진주 등 한국 남부 각지에 한국 쪽 인력과 함께 출장을 다녔다. 그 긴 과정을 통해 2016년 봄, 경상남도 하동에서 생산되는 대나무를 판다에게 준다는 결정이 내려

졌고, 이후 주로 이 지역의 대나무가 경기도의 판다 사육장으로 지속적으로 공급되었다. 당시 언론 보도를 보면 하동에서 대략 연간 30톤 정도의 대나무가 공급되었다고 한다.

Q. **대나무 식사 비용은?**

A. 2016년 3월 〈경남일보〉 김귀현 기자의 보도에 따르면, 한국의 판다에게 공급하기로 계약을 체결하면서, 우선 대나무 57톤을 2억 2천만 원에 공급하기로 했다고 한다. 1kg당 3860원이라는 뜻이므로, 재료비만 따지면 사람이 먹는 감자와 비슷한 가격이다. 그러나 판다가 하루에 20kg 정도의 대나무를 먹는 것을 감안하면 비용은 상당히 높아져서 하루에 거의 8만 원 정도가 필요하다. 여기에 대나무를 판다가 먹기 좋도록 가공하는 비용과 사육사가 판다에게 대나무를 먹이기 위한 수고 비용, 운반비와 보관비까지 생각하면 판다의 하루 치 대나무 밥값은 대략 10만 원 이상으로 산정해야 하지 않을까 싶다. 대한민국의 소득세법에서는 직장인의 식대를 1개월에 최대 20만 원까지 인정한다. 한 달 평균 22일 근무로 보면, 한국 직장인의 식대는 한 끼 최대 9천 원, 세 끼에 최대 2만7천2백7십 원 정도이다. 따라서 판다가 그냥 대나무만 먹고 있는 것 같아도 사실은 한국 직장인들보다 3배 정도 비싼 밥이라고 보아야 한다.

나른하게 숲을 산책하는 판다의 모습을 보면, 그 통통한 그늘 뒤로 갖가지 방법으로 살아남으려고 했지만 결국 버티지 못하고 멸종한 동물들의 모습들이 떠오른다. 새로운 기후에 먹을 곳을 찾아 사천의 산속으로 찾아가서는 겨울잠 없이 1년 내내 어슬렁어슬렁 혼자 움직이며, 외로움도 모르고 애달픈 것도 모르며 지내는 판다 정신은 얼핏 보면 헐렁해 보여도 그 모든 세월 속에서 적응에 성공한 동물의 위엄이 아닐까?

PART 4

판다는 혼자서도 잘 산다

혼자라서 외롭냐고?
배고프면 먹고 힘들면 쉬고
졸리면 자. 이것에만
충실해도 외로울 틈이 없지.
애써 고민 만들지 마.

판다는 크고 강한 동물이다

대나무만 있다면 괜찮아

곰이라고 하면 불곰이 커다란 덩치로 강물 속의 연어를 단번에 붙잡는 모습을 떠올릴 수 있다. 아니면 눈 덮인 벌판 위를 걸어 다니다가 큼직한 바다짐승을 노리는 북극곰을 떠올릴 수도 있겠다. 특히 북극곰의 사냥 능력은 무서울 정도다. 점박이물범 같은 바다표범류의 생물은 바다표범이라는 이름 그대로 바다에서 무서운 동물 축에 속한다. 물고기나 작은 짐승에게 바다표범은 생명을 곧장 죽음의 세계로 끌고 가는 저승사자처럼 보일 것이다. 그렇지만 북극곰에게는 그런 바다표범도 간식거리다. 심지어 북극곰은 배가 고플 때 사람과 마주치면, 사람도 잡아먹으려고 할 때가 있다.

그러나 판다는 그렇게 살지 않는다. 판다는 주로 대나무를 먹고 산다. 나는 이것이 판다의 가장 큰 특징이고 가장 중요한 습성이라고 생각한다. 다른 곰들이 잡식성으로 이것저것 다양한 먹이를 많이 먹는 것과는 아주 다르다. 삶의 뿌리부터 고기를 먹을 수 없는 조건이기에 판다가 육식을 포기했다고 말하기는 어렵다. 판다의 덩치가 작거나 힘이 약해서 먹잇감을 공격하지 못하는 게 아니라는 뜻이다. 다 자란 판다의 무게는 가볍게 100kg을 넘는다. 그런 몸으로도 꽤 높은 나무를 탈 수 있는 균형 감각과 팔 힘을 갖고 있다. 온몸을 뒤덮은 털도 빽빽하다. 판다의 이런 신체 조건은 강하다. 자연 상태에서 다 자란 판다를 사냥할 수 있는 다른 동물은 매우 드물다.

새끼 판다라면 표범류 같은 육식동물의 사냥감이 될 수도 있을 것이다. 그렇지만 판다가 자라나는 데는 그렇게 오랜 시간이 걸리지 않는다. 막 태어난 판다는 사람 손바닥 위에 올려놓을 수 있을 만큼 작다. 몸무게가 수백 g밖에 되지 않는다. 그렇지만 불과 수개월 사이에 몸이 수십 kg으로 늘어난다. 바다거북 같은 동물도 작게 태어나 꽤 크게 자라지만 자라나는 데 시간이 오래 걸린다. 바다거북은 수십 년, 수백 년 동안 자라기도 한다. 반면 판다는 몇 개월 단위로 몸이 불어나 불과 2, 3년이면 완연히 큰 덩치가 된다.

일단 당당한 모습의 어른 판다가 되어 숲에서 둥근 엉덩이로 앉아 느긋하게 대나무 가지를 꺾으며 씹어 먹을 정도가 되면, 인근에 있는 그 어떤 동물도 감히 대적할 수 없다. 여우가 판다에게 덤벼들 리도 없겠지만, 여우 정도 되는 동물이 판다를 공격한다고 상상해 보자. 모르긴 해도 여우는 판다의 두툼한 살갗에 발톱으로 깊은 상처를 남기지 못하고 어물대다가 둥글고 무거운 판다의 주먹에 완전히 제압될 것이다.

판다는 이렇게 크고 강한 동물인데도 그냥 유유히 대나무만 씹어 먹을 뿐이다. 조금 더 맛있는 죽순을 즐겨 먹지만, 대단히 맛있고 귀한 먹이를 애써 찾아 다니지 않는다. 먹기 좋은 대나무가 널려 있는 곳에 앉아서 손에 잡히는 대로 대나무를 먹고 또 먹는다. 그러다 지치면 좀 쉬고, 또 배가 고프면 더 먹는 것이 판다의 하루다.

판다는 어느 야수 못지 않은 위력이 있는 몸을 갖고 있지만 그 몸으로 하는 일은 다른 동물들이 잘 먹지 않는 딱딱한 대나무를 먹는 것뿐이다. 동물들은 대체로 활동하는 시간이 짧게 정해져 있지만, 판다는 이런 습성 때문인지 하루 중 언제라도 활동한다. 판다를 관찰해 보면 자정쯤에도 많이 먹고 활동한다. 하루가 멀다 하고 야식까지 챙겨 먹으며 사는 동물이 판다다.

판다 정신

한 걸음 떨어져서 바라보는 판다의 삶

판다는 떼를 지어 몰려다니는 습성도 없다. 판다는 혼자 사는 동물이다. 다른 판다가 주위에 없다고 해서 외로워하지도 않고 무리에서 소외당했다고 괴로워하는 법도 없다. 그래도 괜찮다. 어차피 먹

어릴 때부터 나무에 올라갔다 떨어지는 것을 놀이처럼 익힌다.

고사는 데 지장도 없고 누가 삶을 크게 방해하는 것도 없는데, 꼭 둘씩, 셋씩 모여있을 필요도 없기 때문이다. 주위에서 다독거려 주는 친구가 없다고 울적해하지도 않고, 다른 판다가 더 많은 동료들에게 둘러싸여 있고, 인기있는 모습을 보더라도 딱히 부러워하지도 않는다.

숲속을 어슬렁거리며 대나무 숲에 바람 부는 소리를 듣고, 가끔 답답하면 나무 위에 올라가 좀 먼 곳을 바라보고, 그러다 다시 출출해지면 대나무나 씹어 먹으면 그만이다. 누구와의 관계가 힘들어졌다고 해서 눈물 흘리지 않는다. 누구는 나보다 높은 위치까지 갔는

데, 나는 그렇지 못하다고 무리 속에서 서로 비교하며 안달을 내지 않는다. 심지어 판다는 오랫동안 머물 집을 만들지도 않는 것으로 보인다. 판다도 좋아하는 나무가 있고, 가끔 바위틈 사이의 구멍에 들어가기도 하겠지만, 그렇다고 그 안에서 겨울잠을 잔다거나 하면서 오래 머무르는 습성은 없다.

생물학 연구 논문을 읽다 보면, 동물의 삶을 너무 사람의 삶처럼 생각하는 것은 경계해야겠다는 생각이 들 때가 많다. 사람이 생각하는 도덕적인 기준, 그 사람이 속한 사회의 가치관에 따라 동물의 습성이나 행동을 판단하는 편견이 개입되기 쉽기 때문이다. 만약 늑대가 토끼를 잡아먹는 장면을 관찰한다고 하자. 과학자가 늑대는 사악한 침략자, 토끼는 침략받는 순박한 피해자라는 시각으로 살펴본다면, 무심코 토끼를 응원하고 늑대를 미워하게 될 것이다. 이래서는 늑대의 다양한 습성 중에 어떤 것이 늑대에게 도움이 되고 어떤 것이 늑대에게 불리한 행위인지 냉정하게 관찰할 수 없다.

판다를 과학적으로 연구하려 한다면 객관적인 시각이 꼭 필요하다. 판다의 습성을 보고 사람의 삶을 돌이켜본다든가, 판다를 보며 내 인생을 반성하는 것은 별로 과학적인 일이 아니다. 사람의 잣대로 판다의 습성을 함부로 판단하면 판다에 대해 더 많이 알아가는 데에 오히려 방해가 될 수 있다. 하지만 판다라는 생명을 진지하게 연구하는 상황이 아니라 그냥 한 걸음 떨어져서 생각해 보는

혼자서 대나무를 이리저리 꺾어 보면서 세상을 살펴보고 느낀다.

거라면 어떨까?

판다는 이목을 끌고, 인기가 많은 동물이다. 왜일까? 사람들은 왜 판다를 좋아하고, 판다 구경하는 것을 좋아할까? 이 문제는 판다와 사람의 관계를 돌아보는 이야기이며, 동시에 판다의 모습을 보고 사람들이 어떤 감상을 받느냐 하는 문제다. 사람의 마음에 미치는 영향을 생각할 때는 판다의 이야기를 조금 다르게 풀어볼 수도 있다고 생각한다.

그렇게 보면, 판다 정신은 대나무를 먹으며 어슬렁댈 수만 있으면 얼마든지 혼자서도 잘 살아가는 삶의 태도다. 누군가와 싸워

이기겠다고 애쓰지 않고, 누구를 제압하려고 아등바등하지 않는다. 또한 혼자 떨어져 있다고 기운이 쭉 빠지거나 구석에 처박혀 외로워하지 않는다. 나무를 오르내리고, 대나무를 이리저리 꺾어보면서 혼자서도 쉼 없이 세상을 살펴보고 느끼며, 세상과 교류한다.

사람들은 판다의 그런 모습을 보면서, 여유롭고 평화로우면서도 호기심 넘치는 동물이라고 여긴다. 그저 느릿느릿 움직일 뿐이지만 그래도 적극적으로 삶을 즐기는 태도를 보면 보는 사람도 기분이 좋아진다.

청주 두루봉 동굴곰

한반도에는 판다와 비슷한 동물이 없었을까?

야생 판다는 대부분 중국의 쓰촨(四川, 사천) 지역, 즉 쓰촨성에 산다고 한다. 이 지역의 음식은 매운 것이 많아 매운맛을 좋아하는 한국인에게 현대의 사천요리는 꽤 인기 있는 편이다. 그러나 역사를 살펴보면 쓰촨성은 다른 지역에 비해 한반도와 교류한 흔적이 적다.

한국에도 널리 알려진 중국의 《삼국지》 소설판을 보면 보면 위나라, 오나라, 촉나라라는 세 나라가 등장한다. 이 중에 사천 지역을 근거지로 삼은 나라는 촉나라다. 《삼국지》의 시대적 배경은 한국의 삼국시대와 겹치는데 《삼국사기》 기록에 따르면, 고구려는 관구검이라는 위나라 장군의 침입에 맞서 전쟁을 치렀고, 오나라에서 온 호위라는 신하를 고구려에서 처벌한 적도 있다. 그렇지만 촉나라와 고구려의 교류는 딱히 기록에 남은 것이 없다.

위나라는 육로로 이어지고, 오나라는 해로로 서해를 건너면 도달하기 어렵지 않았지만, 사천 지역의 촉나라는 너무 멀고 외딴 지역이었기 때문일 것이다. 그러니까 한반도의 삼국시대에 중국 사천에 살던 판다가 고구려까지 왔을 가능성은 거의 없다. 《삼국사기》의 고구려 본기를 보면 진귀하게 생긴 표범 따위를 다른 나라와 주고받았다는 기록도 보이는데, 여기에도 판다로 추정할 만한 동물은 없다. 즉 판다가 고대의 한반도에 살았을 가능성은 없다고 볼 수 있다.

한반도에는 판다와 비슷한 동물도 없었을까? 내가 생각하는 '한국의 판다'라고 할 만한 동물 후보가 하나 있기는 있다. 판다와는 분명 차이가 있는 동물이다. 동물을 분류하는 체계에서 판다와 같은 유형에 해당하거나 유전자가 판다와 아주 많이 비슷한 동물도 아니다. 그렇지만 서로 닮은 중요한 특징 한두 가지가 있어서 나는 판다에 대해 오래 생각할 때면 이 동물도 떠올리게 된다.

이 동물에 대해 알고 싶다면 먼저 살펴봐야 할 장소가 있다. 바로 충청북도 청주의 두루봉 동굴이다. 청주는 충청북도의 중심 도시이다. KTX 고속철도망의 중요한 분기점인 오송역이 청주에 있고, 미래가 기대된다는 배터리 산업의 중심이며, 화장품 공장이 많은 도시이기도 하다. 아무튼 어떻게 보더라도 지금 청주의 모습은 판다 같은 희귀한 야생동물이 많이 살았을 것 같은 도시가 아니다. 청주의 도심을 걸으면서 가로수 사이에, 공원 벤치 옆에 문득 판다를 닮은 곰이 나타나는 공상을 해본다. 정답고 재밌는 기분이 들지만, 비현실적이다. 도시화가 진전된 전형적인 한국 도시인 청주는 사람이 살기에 좋은 곳이지, 판다 같은 동물이 살 곳은 아니다. 먹이도 부족하고, 환경 조건도 맞지 않는다.

그러나 과거를 돌아본다면 청주의 환경 조건은 달라진다. 삼국시대 정도의 과거가 아니라 한참 더 오래전, 빙하기의 영향을 뚫고 수십만 년 전으로 시대를 거슬러 올라가면 충청북도의 대표 도시 청주의 풍경은 지금과는 정반대라고 할 정도로 다르다. 그중에서도 청주 두루봉의 동굴을 주목할 만하다. 이곳에서는 굉장히 오래된 동물 흔적이 많이 발견되었다. 이융조 선생이 쓴 글에는 두루봉 유적을 '중기 홍적세 시대의 흔적'이라고 표현하고 있다. 이 시기는 수십만 년 전에 해당한다. 그리고 이 머나먼 과거에는 한반도 중부지방도 지금과는 기후부터가 달랐다.

그 기후 덕분에 지금과는 사뭇 다른 나무들이 무성하게 우거져 있고 그 사이를 흐르는 물가에 야생동물들이 깃들어 살아가는 풍요

로운 땅이 먼 옛날의 청주 일대에 펼쳐져 있었을 것이다.

두루봉 동굴에서 과거 동물의 흔적이 본격적으로 발견되어 조사된 것은 1976년이다. 조사 결과, 이곳에서 발견된 동물 뼈 중에 대단히 이상한 것들이 나왔다. 사슴, 호랑이같이 한국에 있는 것이 당연해 보이는 동물의 흔적도 나왔지만, 하이에나 계통의 동물 뼈나 원숭이 계통의 동물 뼈 같은 한국 동물이라고 하기에는 아무래도 안 어울리는 동물의 흔적도 같이 나온 것이다. 심지어 지금의 코뿔소와 닮은 점을 생각해 볼 수 있는 동물 뼈도 나왔고, 한국에서는 발견 사례가 드문 상아, 즉 코끼리 이빨의 일부도 발견되었다.

그렇다면 수십만 년 전, 청주 지역에서는 코뿔소와 코끼리가 뛰어다니고 나무에는 원숭이가 오락가락하는데, 그 뒤를 하이에나가 쫓는 장면이 펼쳐졌을 거라는 의미다. 현대의 한국인이 과거의 그 모습을 본다면, 한국의 청주가 아니라 오히려 아프리카 초원이나 남아메리카의 정글 한복판과 비슷한 광경이라고 생각했을 것이다. 나는 청주, 나아가 충청북도에서 이 지역의 상징을 코뿔소나 코끼리로 정해도 재미있을 거라고 생각한다. 마침 충청북도에는 청주뿐 아니라 제천 등 다른 지역에도 생태계가 지금과 크게 달랐던 수십만 년 전의 흔적이 남은 유적이 몇 곳 더 있다.

많은 옛 동물의 흔적 중에서도 특히 판다를 생각하면 떠오르는 동물은 동굴곰이다. 이 곰은 영어로는 'cave bear'라고 하며 옛

시대에 살았던 곰 부류의 동물이다. 청주의 두루봉 동굴에서 이 동굴곰이 살았을 거라는 발표가 나온 적이 있다. 지금은 멸종되어 사라진 동굴곰의 뼈는 보통 유럽에서 많이 발견되는데, 이 곰이 멀리 아시아 대륙의 동쪽 끝인 한반도에서 발견된 것은 새로운 사실을 알 수 있는 놀라운 발견이었다. 특히 두루봉 동굴에서 발견된 곰 뼈는 몸 전체의 뼈가 다 발견된 것이라서 연구하고 조사할 내용이 많아 보였다.

이 뼈를 보관하고 있는 충북대학교 박물관 홈페이지에는 2023년 시점에도 이 뼈를 '완전한 형태로 발견된 동굴곰 뼈'라고 밝히고 있다. 심지어 뼈를 인위적으로 배치한 흔적이 보인다는 설명까지 곁들여 놓았다. 이 말은 동굴곰이 청주에 살았을 뿐만 아니라, 구석기시대 사람이 동굴곰을 사냥했으며, 어떤 의식이나 표현 작업에 사용했다는 뜻이다. 그렇다면 이는 먼 옛날 사람들의 종교나 미술에 대한 자료가 될 수도 있다.

단, 세월이 많이 흐르면서 이 곰 뼈에 대한 학계의 의견에 변화가 있었다. 예를 들어 2023년 국내의 한 일간지에서는 이것을 동굴곰의 뼈라고 보기는 어려우며, 오래된 불곰의 뼈 같다는 의견을 싣기도 했다. 기술이 발전하고 정밀한 조사 방법이 나오면서 유물을 조사한 과거의 결과가 바뀌는 일이 종종 있다. 그렇다고 해도, 한반도에는 남북한 곳곳에 걸쳐 두루봉 동굴 이외에도 동굴곰의 뼈가 나왔다고 언급되는 곳이 몇 곳 더 있다. 그래서 나는 수십만 년 전, 한반도 어딘가에서 동굴곰 또는 적어도 동굴곰과 비슷한 점이 있는 독특한 곰이 살았을 거라고 가정하고 이야기를 더 해보려 한다.

판다와 동굴곰의 순한 얼굴

식성의 영향

동굴곰의 가장 큰 특징은 판다처럼 식물을 먹고사는 곰이라는 점이다. 물고기를 잡아먹거나 바다표범을 잡아먹는 곰이 아니다. 동굴곰도 판다와 마찬가지로 다른 짐승을 공격해서 먹거나 고기를 먹을 수 있는 능력을 갖추고 있었다. 하지만 그냥 식물을 뜯어 먹었다. 바로 이 점이 동굴곰과 판다의 가장 큰 공통점이다. 세상의 수많은 곰 중에 거의 식물만 먹고 살아가는 곰은 현재 남아있는 판다와 수십만 년 전에 살았던 동굴곰, 이렇게 둘뿐이라 할 정도로 드물다.

이렇게만 말하면 동굴곰이 마냥 여리고 평화로운 동물로만 보일지도 모르겠다. 하지만 그 시대에 동굴곰은 식물만 먹고 산다고 해서 만만히 여길 상대가 아니었다. 동굴곰은 덩치가 엄청나게 컸기 때문이다. 동굴곰은 세상의 어떤 큰 곰 못지않게 컸다. 몸무게로

판다의 얼굴은 대나무를 씹어 먹는 식성이 만든 진화의 결과다.

따지면 판다의 일고여덟 배 이상 나갈지도 모른다. 다 자란 동굴곰은 엄청나게 덩치가 커서 사람 앞에 선다면 마치 SUV 차량이 서 있는 것 같은 느낌이 들 것이다.

그 거대한 덩치에서 나오는 힘도 막강할 수밖에 없다. 동굴곰이 뭔가 심사가 뒤틀려 화난 채로 공격하면 상대는 그 힘을 감당하기 어려웠을 것이다. 황소 역시 초식동물이지만 어쩌다 사람을 들이받으려고 하면 굉장히 위험한 것과 마찬가지다. 더군다나 황소와 달리 동굴곰은 실제로 필요하다면 동물을 잡아먹고 고기를 소화시킬 수 있는 몸이다. 동굴곰이 작심하고 싸우려 든다면 그 위력은 어떤 맹수보다도 크고, 무시무시하지 않았을까?

동굴곰의 뼈가 많이 발견되는 유럽에서는 과거에 이 거대한 곰의 뼈를 보고 용의 뼈라고 착각하기도 했다. 동굴곰 뼈가 발견된 동굴은 용이 살던 '마법의 동굴'이라는 전설을 낳기도 했다. 모르긴 해도, 유럽 사람들은 그런 흔적을 보면서 이런 이야기를 만들었을 것이다. 기사가 거대한 마법의 용을 물리쳐 뼈만 남았다고.

동굴곰의 모습을 상상해 그림으로 그려놓은 자료를 보면 보통 거대한 덩치에 무섭고 위압적인 모습이다. 그러나 나는 실제 동굴곰의 얼굴을 보면 정반대의 묘한 표정을 보게 될 거라고 상상한다. 동굴곰과 비슷한 식성을 가진 판다를 보면 그런 생각이 들기 때문이다. 둥글둥글한 얼굴, 재미있는 것을 발견한 표정을 잘 지을 것 같은 입 모양, 살집이 있어 순해 보이는 턱. 이런 모습은 모두 사람들이 판다를 무심코 착하고 순한 동물로 여기는 이유가 된다.

그런데 판다의 얼굴이 이런 모습이 된 것은 대나무를 씹어 먹는 판다의 식성에 어울리는 모양과 맞아떨어진 진화의 결과다. 고기를 먹는 동물은 고기를 찢고 자르기 편리하게 앞니와 송곳니가 발달하기 마련이다. 또 고기를 물고 뜯기 좋도록 적당한 입의 구조를 갖게 된다. 반대로 풀 종류를 뜯어 먹는 동물은 상대적으로 어금니가 발달하는데, 대나무나 질긴 식물 뿌리 같은 강한 재료를 먹는 동물은 더욱더 그에 걸맞은 얼굴 구조를 갖게 되는 것이다.

판다의 얼굴 구조가 식성의 영향을 받았다면, 덩치가 엄청나게 크고 화나서 날뛰면 아무도 감당 못 할 동굴곰이라고 하지만 그래도 생긴 모습은 판다처럼 대단히 순박할지도 모른다. 과학자들은 동굴곰의 이빨 모양을 보고 그 형태가 식물을 먹기에 적합하다고 추측했다. 오랜 시간에 걸쳐 이빨에 생긴 흔적이나 이빨이 갈려나간 모양을 보고 이빨을 어떤 식으로 활용하며 살았는지 추측한 것이다. 바로 그런 방식으로 동굴곰의 습성을 짐작한 것이 지금까지의 연구 결과다. 그렇다면 그 뼈와 이빨의 남은 모습으로 동굴곰의 얼굴을 봤을 때 어떤 느낌이 들지에 대해서도 한 번 상상해 볼 수 있지 않을까?

엄청나게 큰 덩치의 곰이 주로 풀만 먹으며 산속을 어슬렁거린다는 이야기는 괜히 사람을 좀 흐뭇하게 한다. 특히 동굴곰은 이름처럼 동굴 안에서 오랜 시간 생활했던 것으로 추정된다. 자기 집을 한번 찾으면 함부로 바깥에 돌아다니지도 않고 그냥 아늑한 집 안에서 쉬기를 좋아한 동물인 듯하다. 덩치가 큰데도 정작 먹고사는 데는 그 덩치를 별로 활용하지 않고, 그저 다른 동물이 함부로 덤벼들지 못하게 큰 몸을 갖고 있을 뿐이라고 생각하면 어째 좀 슬픔 비슷한 이상한 감정이 생길 정도다.

생과 사의 법칙

작은 판다는 살아남고 큰 동굴곰은 사라졌다

판다와는 달리 동굴곰은 현대까지 살아남지 못하고 수만 년 전 어느 시점에 모조리 멸종당했다. 세계 곳곳의 동물원과 중국에 족히 1800마리 이상은 남아있을 것으로 추정되는 판다와는 굉장히 다른 운명이다. 만약 동굴곰이 지금까지 소수라도 남아있었다면 판다 못지않게 사람들에게 사랑받을 거라고 나는 생각한다.

야생에서는 큰 덩치 때문에 두려움을 주는 동물이라도, 현대사회에서 사진이나 TV 영상 등으로 접하면 큰 크기가 오히려 신기함을 주어 인기가 높아질 때가 있다. 코끼리나 고래가 좋은 사례다. 나는 동굴곰도 여기에 해당할 거라 상상해 본다. 만약 그랬다면 사람들은 몇 안 되는 동굴곰이라도 어떻게든 보호하고 그 숫자를 늘리기 위해 애썼을 것이다. 그러면 동굴곰은 멸종위기를 극복해 서서히 숫자가 늘어났을지도 모른다.

현실의 동굴곰은 그런 기회를 잡지 못했고, 멸종하고 말았다. 가장 쉽게 생각해 볼 수 있는 동굴곰 멸종의 이유는 역시 빙하기다. 빙하기를 들락날락하는 혹독한 시대를 지나는 동안 기후가 너무 많이 바뀌었다. 아무래도 덩치 큰 생물은 먹이도 많이 먹어야 할 테니, 환경이 갑자기 바뀌면 살아남기가 어려웠을 것이다. 동굴곰이 그렇게까지 거대한 크기로 자라나는 동물이 아니었다면, 예를 들어 동굴곰이 그저 판다 정도의 덩치였다면 어쩌면 견뎌내고 살아남을 수도 있지 않았을까?

몇몇 학자들은 동굴곰의 습성이 변화하는 조건에서 생존하기에 불리했을 거라고 보기도 한다. 왜냐하면 풀을 먹고 동굴에 사는 동굴곰의 습성은 그다음 시대에 활발하게 번성하며 무서운 솜씨로 다른 모든 동물을 사냥해 버리는, 새롭게 등장한 동물을 상대하기에 굉장히 불리했기 때문이다. 그 무서운 동물은 사람이다.

사람은 무리 지어 지내며, 특히 집을 구해 그곳에서 지내는 습성이 있다. 21세기의 한국 사람들은 살 집을 찾기 위해 공인중개사를 찾아가거나 부동산 앱을 이용한다. 콘크리트로 지은 아파트나 다세대주택 같은 집을 구한다. 그러나 2만 년 전, 3만 년 전 한국인에게는 공인중개사도 없었고, 아파트도 없었다. 맨발로 산등성이나 돌밭 사이를 지나다가 숨어 지내기 좋은 동굴을 우연히 발견하면 그곳이 바로 반드시 차지해야 할 집이 된다. 이런 동굴은 신도시 개발로 새로 만들 수 있는 것도 아니므로, 과거의 한국인은 어쩌면 현대에 내 집 마련을 위해 애쓰는 한국인보다 더욱 절박한 심정으로 동굴이라는 부동산을 차지하려 했을 것이다.

동굴곰 역시 사람처럼 동굴이 있어야만 잘 지낼 수 있다. 오래 지낼 주거지 없이도 잘 사는 판다와는 다르다. 게다가 동굴곰은 동굴에 들어가 겨울잠도 자야 하니까 판다와는 큰 차이가 있다. 동굴곰과 사람은 동굴을 놓고 싸울 수밖에 없었을 것이다. 사람은 동굴곰이 차지하고 있는 동굴을 빼앗으려고 했을 테고, 만약 동굴곰이 사람이 차지하고 있는 동굴에 들어가려 한다면 사람은 집을 빼앗기기 싫어서 온 힘을 다해 동굴곰을 처치했을 것이다.

곰 세 마리가 한집에 살다가…

판다의 뒷모습에 드리워진 그림자

덩치만 컸지, 풀만 먹는 동굴곰이 도구를 사용하는 사람과의 싸움에서 승리를 거둘 수 있었을까? 더군다나 동굴곰은 판다와 달리 가족이 무리 지어 사는 동물이다. 과학자들은 동굴곰의 뼈에서 발견되는 미토콘드리아라는 눈에 보이지 않는 미세한 부분을 분석해 이런 사실을 추측해 냈다.

대부분의 동물은 세포마다 미토콘드리아라는 아주 작은 부위가 있는데, 미토콘드리아 속에도 DNA, 유전자가 약간 들어있다. 그런데 동물은 어머니가 같으면 미토콘드리아의 DNA가 같다는 특성이 있다. 다시 말해 두 사람의 몸에서 미토콘드리아를 채취했는데 두 DNA가 같다면 두 사람은 한 어머니가 낳은 형제자매라는 뜻이다. 그런 방식으로 동굴곰을 조사해 보니, 한 동굴에서 발견된 동굴곰 뼈들이 같은 어미에서 태어난 형제자매로 확인된 경우가 있었다고 한다. 그렇다면 동굴곰이야말로 "곰 세 마리가 한집에 있어, 엄마 곰, 아빠 곰, 아기 곰~"이라는 노래 가사의 풍경에 잘 들어맞는 동물이다.

마찬가지로 식물을 먹는 곰이라도 판다는 다르다. 판다는 혼자서 잘 사는 동물이기에 엄마 곰, 아빠 곰, 아기 곰이 한 집에 어울려 지낼 리가 없다. 하지만 동굴곰은 자기 집인 동굴을 잃어버리면 그렇게 한 가족이 모여 살 곳이 없어지는 것이다. 다른 동굴을 찾아 지친 몸을 이끌고 가보겠지만, 그곳에는 힘겹게 자리 잡은 다른 동굴곰이 살 것이다. 혹은 모닥불을 피우고 있는 사람 떼를 또다시 마주칠지도 모를 일이다.

아무리 기운 세고 덩치가 큰 동굴곰이라도 사람 여럿이 힘을 합해 갖가지 무기로 공격하면 상대하기가 쉽지 않다. 어린 자식들을 동굴 안쪽에 숨겨놓고, 동굴 입구를 지키며, 동굴로 들어오려는 곰을 막아내기로 단결한 사람들이라면 무시무시한 위력을 발휘할 수도 있다. 수틀리면 불을 지르려고 들지도 모른다. 실제로 해외에서 발견된 동굴곰 뼈에서 사람이 사용한 것으로 보이는 돌도끼, 돌칼

등 원시적인 도구에 공격당한 흔적이 보이는 사례도 있다고 한다.

더 이상 갈 곳이 없는 아빠 곰, 엄마 곰은 마지막으로 용기를 내어 너무나 두려운 사람들의 동굴 쪽으로 돌진할지도 모른다. 하지만 사람도 마찬가지로 동굴을 잃으면 갈 곳이 없고, 집 없이는 버티기 어렵다. 사람들은 아마도 이미 알고 있을 것이다. 동굴곰이 아무리 무섭게 큰 덩치로 위협해도 초식동물일 뿐이라고. 할아버지는 언어를 사용해 이런 지식을 전해 주었을 것이고 자손은 교육을 통해 그 지식을 이어 받았을 것이다. 그에 반해 동굴곰은 아무리 애를 써도 사람이 사용하는 다양한 무기와 작전에 대해 이해하기 어려웠을 테고 무엇보다 불 앞에서는 도저히 대처할 수 없었을 것이다. 그렇게 해서 동굴곰은 멸종되었고, 판다는 살아남았다.

이런 상상을 하면서, 나른하게 숲을 산책하는 판다의 모습을 본다. 그 통통한 그늘 뒤로 갖가지 방법으로 살아남아 보려고 했지만 결국 버티지 못하고 멸종한 동물들의 여러 가지 잊힌 모습이 떠오르는 듯하다. 새로운 기후에도 먹을 수 있는 음식을 찾아 사천의 산속으로 찾아간 판다는 겨울잠 없이 1년 내내 어슬렁어슬렁 혼자서 계속 활동했을 것이다. 외로움도 모르고 애달픈 것도 모르며 지내는 판다 정신은 얼핏 보면 헐렁해 보여도 오랜 세월 속에서 적응에 성공한 동물의 위엄이다.

마지막으로, 먼 옛날 청주에 살았던 동굴곰과 다른 동물들의

나른하게 숲을 산책하는 판다의 모습에서 멸종 동물의 그림자를 본다.

흔적을 생각하며 참 아쉽게 느낀 점 하나를 덧붙이고자 한다. 청주의 두루봉 일대가 어쩌면 한국 판다라고 불러도 좋을 만한, 동굴곰이 정말 살만한 지역이었는지 아닌지 이제 영영 알 수 없게 되었다. 왜냐하면 이후 두루봉 지역은 채석장으로 활용되면서 그 일대 모든 지역이 완전히 다 갈려 나가 버려서 지금은 땅 대부분이 아예 통째로 사라져버렸기 때문이다.

그렇다고 해서 그저 돈만 밝히는 개발업자들이 소중한 유물이 있는 곳을 마구잡이로 파헤쳐버렸다는 이야기는 아니다. 반대로 이 지역에서 사업을 하던 김흥수 사장은 유물 발견을 위해 자신의 사업을 희생하고 당국과 전문가들에게 조사 가치가 있는 곳이라는 사실을 알려 존경받을 만한 사례로 알려지기도 했다. 그런데도 그때는 후속 조치가 미흡해 유적을 잘 보존하거나 충분히 남기지 못했다. 그것이 그 시절 사회와 정부의 한계가 아니었나 싶다.

눈이 와도 비가 와도
난 괜찮아.

판다 Q&A

Q. 판다의 검은 볼레로 패션에 숨은 비밀은?

A. 판다의 몸은 전체적으로 검은색과 흰색이 어울린 모습이다. 온몸이 온통 흰색 한 가지인 북극곰이나 갈색 한 가지인 불곰과는 크게 다른 점이다. 그 이유로 생각해 볼 수 있는 것은 판다가 다양하고 복잡한 환경에서 살아가는 습성을 갖고 있다는 점이다. 북극곰은 항상 흰 눈과 얼음으로 뒤덮인 북극 지역에서 살기 때문에 그런 환경에서 몸을 숨기기 좋은 흰색으로 온통 뒤덮인 몸을 갖도록 진화하는 것이 유리하다. 그에 비해 판다는 눈이 내려 쌓이는 높은 산마루에서도 지내고, 초록색 대나무가 우거진 따뜻한 숲에서도 산다. 2017년 팀 카로 연구팀은 판다가 이처럼 다양하고 복잡한 환경을 오가면서 살기 때문에 한 가지 색깔이 아닌 무늬가 있는 편이 유리하다는 주장을 연구 논문을 통해 발표했다.

Q. **판다는 서로 어떻게 알아볼까?**

A. 널리 퍼져있는 이야기로, 판다의 희고 검은 무늬를 보고 서로를 알아본다는 주장이 있다. 이런 무늬는 저마다 조금씩 그 형태가 다르기 때문에 유의해서 살펴보면 사람의 눈으로도 구분할 수 있다. 동물의 몸에 생기는 무늬의 차이가 살짝 다른 것이 서로를 구분하기에 도움 되는 사례는 굉장히 많다. 사람과 친숙하게 같이 지내는 동물인 개나 고양이도 무늬의 차이로 구분되는 경우가 흔하거니와, 최근 국내에서는 점박이물범 같은 바다에 사는 야생 동물의 무늬를 관찰해 점박이물범 한 마리 한 마리를 구분하고 그 각자를 추적하는 연구도 진행된 적이 있다. 2017년 팀 카로 연구팀의 연구에서는 특히 판다의 눈에 무늬가 생긴 까닭이 누가 누구인지 알아보는 데 도움이 되었기 때문이라는 의견을 발표한 적이 있다. 이렇게 서로를 쉽게 알아볼 수 있으면 진화 과정에서 유리할 수 있기 때문이다. 예를 들어 풀이해보면, 암수가 만날 때 상대방이 전에 만났을 때 자신과 잘 맞는 짝이었는지 아닌지 얼굴을 보고 알아볼 수 있으면 아무래도 금실 좋게 같이 잘 지내는 데 도움이 될 거라는 이야기다.

판다가 전 세계에 오고 가기 시작한 것은 서로를 파괴하고 싸우기 위해
대결하는 것보다는 친하게 지내는 게 좋아 보인다는 사실 때문이다.
즉 무기나 실력으로 상대를 위협해서 원하는 바를 이루겠다는 것이 아니라,
매력과 친근함으로 관계를 발전시킨다는 방향을 판다들은 우리에게 알려 준다.
이 또한 판다 정신이라 부를 만한 태도이다.

PART 5

판다는 싸움을 말린다

어슬렁어슬렁 걷다가
지루하면 앞구르기!
내 모습을 보면 고민도,
나쁜 마음도 사그라지지 않아?
부탁인데, 싸우지 말고
좀 친하게 지내.

중국의 판다 외교

나라끼리 주고받은 중요한 선물

한국에 공식 경로로 들어온 첫 번째 판다는 밍밍과 리리, 한 쌍이었다. 1994년 11월 2일 중국에서 한국으로 들어온 판다 두 마리는 경기도 용인에 있는 동물원으로 옮겨졌다. 판다가 도착하기 전부터 동물원 직원들은 판다가 잘 살 수 있도록 여러 가지 준비를 했다. 판다가 지낼 시설을 갖추었고, 먹이를 구할 방법과 이후 판다를 돌볼 방법을 마련해 두었다. 1994년이면 사람을 위한 에어컨 시설도 아직 넉넉히 보급되지는 못했던 시절이다. 그런데 동물원에는 판다가 살기에 가장 좋은 온도를 맞추기 위한 냉난방 시설까지 갖춰져 있었고, 관람객은 유리 벽 바깥에서 판다를 보게 되어있었다.

한국에 판다가 들어온 계기를 짚어보면, 소위 '판다 외교'라고 부르는 중국 외교정책의 흐름과 변화를 잘 살펴볼 수 있다. 중국이 다른 나라에 좋은 인상을 남기는 방편으로 중국에만 있는 동물, 판다를 상대 나라에 보내는 방식이 뚜렷이 보이기 때문이다.

1980년대 말부터 대한민국 정부는 흔히 말하는 북방외교에 집중하고 있었다. 북방외교란, 공산권 국가와의 외교 관계를 발전시키려는 정책으로, 대표적인 공산주의 국가인 소련과 중국이 한반도의 북쪽에 위치해 있었으므로 '북방'이란 상징적인 용어를 사용했다. 20세기 중반 전 세계가 자본주의 진영과 공산주의 진영으로 나뉘어 대결하던 분위기가 1980년대 말에 접어들어 점차 크게 바뀌고 있었기 때문에 그 상황에서 한국도 무엇인가 대책을 세워야 했다.

돌아보면 한국은 전 세계에서 냉전의 영향을 가장 크게 받은 나라이다. 냉전 초기 발발한 한국전쟁으로 막대한 피해를 보았으며, 그 후로도 항상 공산주의와 싸워 이겨야 한다거나 공산주의의 침입을 막아야 한다는 등 나라 전체가 자본주의와 공산주의의 대결을 중요한 문제로 여겼다. 1980년대까지만 해도 초등학교에서 반공 글짓기 대회, 반공 그림 그리기 대회를 매년 실시할 만큼 '반공'은 대한민국의 익숙한 문화였다. 어린이들이 처음 학교생활을 시작할 때부터 '공산주의는 싫다'라는 느낌을 들게 하는 것이 수십 년간 이어온 한국의 교육 과정이었다.

그러니 자본주의와 공산주의의 대결이 끝나간다는 것은 한국 사회에 굉장한 충격이었다. 더 이상 공산주의를 물리치고 자본주의 나라들끼리 단결하는 방법만으로는 나라를 지키기도 발전시키기도 쉽지 않을 것이다. 어쩌면 한국 입장에서는 끝까지 공산주의와 싸우자고 매달리면서 과거와 같은 방식을 고수하는 것이 익숙한 대응 방법일 수도 있었다.

그러나 1980년대 말 한국은 전혀 다른 방향으로 움직였다. 그간 원수처럼 여기던 공산주의 국가들과 적극적으로 교류하는 과감한 선택을 했다. 마침 1988년 개최한 서울 올림픽이 좋은 계기가 되었다. 단순하게 보면 스포츠 행사일 뿐이었지만, 진행 과정에서 냉전을 지나 평화로 가는 분위기를 누구든 느낄 수 있었다. 공산권 국가의 운동선수와 취재진이 대규모로 드나든 경험도 외교에 도움이 되었다. 공산주의 국가와도 별문제 없이 교류할 수 있다는 자신감을 얻은 것이다.

본격적인 변화는 헝가리에서부터 시작되었다. 역사의 흐름을 살펴볼 때 헝가리는 한국 현대사에서 대단히 중요한 나라다. 냉전이 끝나가는 상황에서 1989년, 반공 국가였던 한국이 처음으로 정식 외교 관계를 맺은 공산주의 국가가 헝가리였기 때문이다. 그전까지만 해도 누가 헝가리 사람과 연락을 주고 받는다고 하면 국가 정보를 공산주의 쪽에 넘기려는 첩자로 의심이나 받았을 텐데, 1989년부터는 정부와 공무원들이 먼저 헝가리와 교류하자고 하는 시대로 세상이 바뀌어 버린 것이다. 즉 헝가리는 공산주의 국가와 교류해도 문제가 없음을 가장 먼저 확인해 준 나라였다. 이후 1992년까지 불과 3년 동안 한국은 무려 37개의 공산주의 국가와 외교 관계를 맺었다.

1990년에는 공산주의 국가를 대표하는 소련과 수교를 맺었고, 이듬해인 1991년 소련 대통령 고르바초프가 한국의 제주도를 방문했다. 역대 소련의 최고 지도자들 중 북한을 방문한 사람이 단 한 명도 없는 상황에서, 남한에 먼저 소련의 최고 지도자가 찾아온다는 것은 매우 상징적인 장면이었다. 소련의 지도자라면 냉전 시기의 공산주의의 대표로, 가끔은 무슨 악의 마왕 같이 말하던 대상 아닌가? 그런데 1991년 제주의 거리에 고르바초프를 환영하는 문구가 내걸렸고, 심지어 동네 가게에서 고르바초프 인형을 팔기도 했다.

북방외교의 절정은 바로 중국과 외교 관계를 맺은 '한중수교'였다. 전통적으로 한국은 1949년까지 중국 대륙을 차지했던 국민당과 관계가 깊었다. 국민당은 대한민국 임시정부가 독립운동할 때 적극적으로 지원해 주었고, 냉전 시기에는 힘을 합쳐 공산주의 국가에 맞선 곳이었다. 국민당 대표인 장개석은 중국인이지만 대한민국에서 가장 권위 있는 훈장인 대한민국장을 받기도 했다. 대한민국장은 안중근, 김좌진, 안창호, 김구 같은 한국인들이 가장 잘 알고 있는 독립운동가들이 받은 훈장이다. 장개석은 그들과 같은 등급의 영예를 한국 정부에게서 받은 셈이다.

1949년 장개석이 국공내전에 패배하여 대만으로 쫓겨간 뒤에도 한국은 장개석과 대만을 더 가깝게 여겼다. 지금의 중국 정부는 1991년 이전까지만 해도 '중공'이라고 불렸다. 중공은 중국 공산당 세력, 중국의 공산주의 세력을 줄인 말이다. 그러니까 원래는 중국 전체의 주인은 따로 있는데 상황상 중국 공산당 세력이 중국 대륙을 차지하고 있을 뿐이라는 느낌의 명칭을 사용한 것이다. 그에 비해 대만은 정통 중국이라는 뜻으로 '자유 중국'이라고 불렸다. 당연히 지금 서울 명동에 있는 중국 대사관에도 대만 외교부가 자리 잡고 있었다. 그러나 훨씬 크고 빠르게 성장하는 중국 본토와 교류하는 것이 여러 가지로 이익이라는 사실이 점점 확실해지는 상황으로 세상은 변해 가고 있었다.

중국이 1980년대에 개방 정책을 실시하면서 세계 여러 나라들은 중국과 이미 외교 관계를 맺은 상황이었다. 중국은 자신들과 외교를 맺으면 대만과는 외교 관계를 끊으라고 요구했다. 1992년 8월 시점에서 아시아 국가 중 중국과 외교 관계를 맺지 않고 대만과 외교 관계를 맺고 있던 나라는 대한민국이 거의 유일했다. 대만으로서는 오랫동안 이어진 두 정부 사이의 의리와, 공산주의와 같이 맞서던 시절의 관계가 있으니, 한국은 끝까지 대만 편에 남아 있을 거라는 생각도 했던 것 같다.

결국 한국은 1992년 8월 중국과 외교 관계를 맺었다. 그 말은 대만과는 외교 관계를 끊겠다는 의미였다. 〈월간조선〉의 배진영 기자가 쓴 글을 비롯해서 여러 자료를 보면, 그때 당시 대만은 갖가지 경제 협력 사업을 제안하며 마지막까지 한국 정부의 방침을 되돌리려고 노력했던 듯하다. 그러나 한국 정부는 북한의 가장 강력한 동맹국인 중국과 친해지면 결국 남북관계를 안정화하고 통일로 다가설 수 있다는 계산까지 했을 것이다. 결국 8월 24일 대만은 명동의 대사관에서 철수했다. 대만 정부를 상징하는 창천백일기가 대사관에서 내려갈 때 이를 지켜보는 대만의 많은 유학생들이 눈물을 흘렸다는 이야기가 여러 언론에 소개되었다.

대만에서 사용하던 대사관은 이후 중국이 사용하게 되었다. 그리고 지금까지도 그 자리는 그대로다. 1992년 수교 이후, 거의 즉시라고 해도 좋을 정도로 한국과 중국의 교류는 폭발적으로 늘어났다. 2003년 중국은 한국이 수출하는 물건을 가장 많이 사가는 나라가 되어 한국인들의 가장 큰 고객이 되었다. 이후 20년 동안 중국은 이 1위 자리에서 내려온 적이 없다. 그 액수도 지속적으로 증가했다.

북한과 가장 가까운 나라가 중국이라고 하는데, 북한과 중국의 무역 교류는 많을 때도 50억 달러 정도밖에 되지 않는다. 그에 비해 남한과 중국의 무역 교류는 3000억 달러가 넘는다. 교류만 놓고 보면 중국은 남한과의 교류가 북한보다 수십 배 더 많아졌다. 남북 간의 갈등이 벌어진다면, 냉전 때처럼 중국이 무조건 북한 편을 들 수만은 없는 상황처럼 보이게 되었다. 이런 점에서 북방외교 정책은 상당한 성공을 거둔 셈이다.

경제 교류, 문화 교류가 빠르게 늘어난 것과 같이 정치, 외교 교섭도 순조롭게 이루어졌다. 1993년에는 한국 대통령이 중국을 방문해 정상회담을 했고, 1995년에는 중국의 장쩌민 주석이 중국 지도자로서는 역사상 처음으로 남한에 방문했다. 그리고 바로 그사이 1994년 중국 정부가 판다 두 마리를 한국에 보내기로 했다. 냉전이 끝나가면서 세상이 뒤집힌 그 시기에, 양쪽 모두 과감한 결단으로 진행한 한국과 중국의 교류가 순조롭게 잘 진행되고 있다는 상징으로 중국 정부는 판다를 활용했을 것이다.

링링과 싱싱

최초의 동물 외교사절

판다가 외교 목적으로 활용된 뿌리를 찾는다면 1972년 중국이 미국에 선물로 보낸 두 마리 판다의 이야기를 해볼 만하다.

1970년대 초, 미국은 수년째 계속되던 베트남전쟁을 이제는 끝내고 싶어 했다. 미국이 승리할 확률은 낮아지고, 미국 내에서 전쟁을 반대하는 여론도 점점 높아졌다. 미국 정치인이라면 전쟁을 끝내자고 말하는 게 표를 얻는 데 유리했다. 당시 미국 대통령이던 리처드 닉슨은 미국의 체면을 살리면서 실속도 챙겨 전쟁을 끝낼 좋은 방법을 궁리했다.

베트남 공산당의 세력이 강해 도저히 이길 수 없어서 항복한다고 할 수는 없었다. 정치인의 인기가 떨어지고, 미국의 동맹국인 다른 나라에서 미국이 예전만큼 강하지 않다고 의심할 수도 있다. 그러다 미국을 멀리하고 상대방인 공산주의 국가와 하나둘 친해지는 나라가 나올지도 모른다. 그러면 미국은 냉전 구도에서 불리해질 수 있다.

결론만 말하면 좀 이상하게 들리겠지만, 닉슨 대통령은 이 문제의 해결책으로 탁구를 택했다. 중국과 미국의 탁구대회를 통해 두 나라가 가까워질 계기를 찾고, 이를 통해 서서히 외교관계에서 이익을 찾아보겠다는 계획이었다. 이 사건을 흔히 '핑퐁 외교'라고 부른다.

1972년, 몇 차례의 탁구 대회가 끝난 뒤, 닉슨은 중국의 지배자 모택동을 만나 회담을 나누었다. 공산주의 국가라고 해서 무조건 대결하는 게 아니라 대화하고 외교도 할 수 있다는 분위기를 형성한 것이다. 이것은 서로 싸워서 망하게 할 궁리만 하는 것이 아니라, 평화롭게 지내고자 하는 노력도 하고 있다는 변화의 움직임을 보여주는 태도였다. 이렇게 되면 미국은 베트남전쟁에서 발을 빼더라도 져서 도망가는 것이 아니라, 싸움을 피하고 평화를 중시하는 분위기 때문에 물러간다고 말할 수 있다. 게다가 다 같이 잘 지내자는 평화 분위기를 활용하면 이후 공산주의 국가들이 적극적으로 세력을 확대하는 것도 어느 정도 저지할 수 있을 것이다. 이런 구상은 나중에 어느 정도 현실이 되기도 했다.

1970년대에 접어들어 냉전 분위기는 그 전 시대의 살벌함에 비하면 조금 누그러졌다. 이 변화를 '데탕트'라는 말로 부르기도 한다. 그리고 데탕트 시대를 상징하는 이름을 꼽아보자면 '링링'과 '싱싱'이 빠질 수 없다. 링링, 싱싱은 중국의 모택동이 닉슨을 만난 후 미국에 보낸 두 마리 판다의 이름이다. 미국의 워싱턴 동물원에서 두 판다를 사육했는데, 판다는 귀여운 모습 덕에 미국인들에게 엄청난 인기를 끌었다. 수백만의 인파가 워싱턴 동물원에 끊임없이 몰려들어 판다를 구경했고, 온갖 방송 프로그램에서도 심심하면 한 번씩 판다의 모습을 내보냈다.

이런 판다 효과는 미국과 중국의 정치인들에게도 큰 이익이었다. 사람들이 판다를 좋아해서, 판다가 화제가 될 때마다 중국에만 있는 희귀한 동물인 판다가 어떻게 해서 미국으로 왔는지 결국 다들 한 번씩 생각하는 것이다. 그러면 사람들은 닉슨 대통령이 냉전의 상대방인 중국과 함께 평화를 도모한 인물이라는 생각을 계속 떠올리게 된다. 판다가 재롱을 부릴 때마다, 그것은 닉슨 대통령과 공화당의 선거운동이 되는 셈이다.

중국도 중국 이미지를 '판다의 나라', 판다가 보여주는 가치와

감성이 있는 나라로 미국인에게 홍보하는 효과를 얻게 된다. 이는 당시 중국에 쏠쏠한 도움이 되는 일이었다. 한국전쟁 당시 미국과 중국은 각각 남한과 북한 편에 서서 싸웠다. 이 전쟁 때문에 미국 군인은 3만 명 이상 사망했고, 중국 군인은 그 몇 배에 해당하는 숫자가 목숨을 잃었다. 이렇게 서로 목숨을 빼앗은 큰 싸움을 치렀으니 상대방이 좋게 보일 리 없다. 게다가 미국인들 사이에는 예부터 내려오던 '동양의 신비'라는 인상까지 겹쳐 중국 정부를 어쩐지 음흉하고 기괴하게 보는 경향까지 퍼져있었다. 1962년에 나온 할리우드 영화 〈맨츄리안 켄디데이트〉 속에서 중국 정부는 요사스러운 세뇌 기술로 미국 군인들을 붙잡아 두뇌를 조작하고, 미국 대통령 후보를 암살하는 계획을 세운다. 미국 소비자들 사이에 이런 느낌이 돌고 있다면, 중국 석탄이나 석유를 미국에 수출할 수야 있겠지만 중국 전자제품이나 장난감을 판매하는 데는 큰 방해가 된다. 그런데 링링과 싱싱을 미국에 보낸 덕분에 이제 미국인들은 중국을 떠올릴 때 〈맨츄리안 켄디데이트〉의 암살범들 대신에 판다를 먼저 떠올릴 수 있게 되었다.

판다가 보여주는 평화롭고 귀여운 모습은 중국이라는 나라와 겹쳐지기 시작한다. 가끔은 링링과 싱싱이 미국 동물원에서 어떤 어려움을 겪고 있다는 소식이 들릴 수 있다. 그러면 귀여운 동물을 잘 대해주고 싶은 사람의 자연스러운 심리 때문에 링링과 싱싱을 더 잘 보살펴야 한다는 여론이 생길 것이다. 판다의 고향인 중국 쓰촨성 같은 환경을 만들어줘야 한다는 의견도 나올 테고, 자연스레 중국은 좋은 곳, 판다가 잘 살 수 있는 곳이라는 말이 돌게 마련이다. 그 때문에 중국은 다른 나라와 좋은 관계를 맺기 위해 세계 여러 나라에 판다를 보내는 방식을 택했다. 예를 들어 일본에 중국 판다가 도착했을 때도 일본인들 사이에서 판다는 굉장한 인기를 끌었다.

한국에 처음 온 판다

IMF를 넘지 못한 밍밍과 리리

1994년, 한국에 도착한 밍밍과 리리 역시 마찬가지로 인기를 끌었다. 판다가 도착하는 날, 동물원은 수많은 사람을 동원해 환영 행사를 했다. 판다의 모습을 이용한 상품이나 디자인 제품을 적극적으로 만들어 배포할 만큼 공을 들였다. 한 쌍의 판다는 같이 살면서 새끼를 낳을 계획이라고 TV 뉴스에서 보도했다. 그리고 그 계획이 생각대로 잘 풀리지 않는다는 소식도 이어서 보도될 만큼, 판다는 사람들의 관심을 받았다.

단, 미국이나 일본의 사례와 비교해 보면 한국에 처음으로 온

판다의 둥글둥글한 뒷모습을 보면 마음도 둥글둥글해진다.

판다가 받은 인기는 조금은 약한 편이지 않나 싶다. 우선 미국이나 일본에 비해 당시 한국은 동물을 좋아하는 문화가 상대적으로 덜 퍼져있었던 것 같다. 또 굳이 판다를 통해 중국을 알리려고 애쓰지 않아도 한국인과 중국인의 직접 교류는 이미 너무나 빠르게 많아지고 있었다. 딱히 판다가 중국의 이미지를 대표하거나 신비감을 주기가 어려웠다.

좀 어이없는 문제도 있었다. 서로 어울려 새끼를 낳으라고 동물원에서 많은 공을 들였던 밍밍과 리리는 나중에 알고 보니 둘 다 암컷이었다. 애초부터 쓸데없는 일을 벌인 것이다. SBS의 영상 자료에 따르면, 판다는 어릴 때 암수 구분이 어려워 이런 일이 종종 발생한다고 한다.

1997년 말, 한국에 IMF 외환 위기가 몰아닥치면서 사정이 크게 변했다. 한국에 외화가 너무 없어서 경제가 상당히 어려워진 것이다. 어떻게든 외국에 보내는 돈은 줄이고, 외화를 벌어와야 한다는 생각이 온 나라에 강하게 퍼져나갔다. 이때 한국에 있는 두 마리 중국 판다 때문에 중국에 지출되는 돈이 상당하다는 지적도 있었던 것 같다. 이것은 판다가 한국에 온 방식이 1970년대와 달랐기 때문이다. 시대가 바뀌면서 중국 정부는 예전처럼 판다를 완전히 다른 나라에 넘겨주지 않았다. 1980년대 이후 지금까지도 대부분 판다는 항상 빌려주는 방식으로 중국에서 다른 나라로 나간다. 그래서 한국에서 기르고 있는 판다가 새끼를 낳는다고 하더라도 그 새끼 또한 자동으로 중국이 소유한다. 그리고 중국에서는 가능한 한 빠른 시기에 그 새끼 판다를 받고자 한다.

판다를 빌려서 기르고 있는 다른 나라의 기관은 판다를 빌리는 동안 중국 당국에 일종의 판다 연구비를 계속해서 내게 돼있다. 이것을 언론에서 흔히 '판다 대여료'라고 부르기도 한다. 실제 명목은 단순히 판다 '빌려준 값'으로 되어있지 않지만, 그 액수가 쉽게 무시할 만큼 적지 않기 때문에 돈을 내는 쪽에서는 그 돈을 어떻게 마련할지에 대해 고민할 수밖에 없다. 세상을 'IMF 시대'라고 부르던 그 시절의 어두운 분위기에서 단순히 구경거리를 위해 꼬박꼬박 중국 당국에 귀한 돈을 지불한다는 것은 별로 즐거운 사연이 아니었을 것이다. 그렇게 해서 한국에 처음으로 왔던 판다, 밍밍과 리리는 5년 만인 1999년 다시 중국으로 가게 되었다. 이후 판다는 한동안 한국에 오지 않았다.

22년 만에 다시!

판다야, 북핵 문제를 부탁해

2010년대 중반이 되어 판다가 한국에 들어올 다른 기회가 생겼다. 22년이 넘는 세월이 흐른 시점이었다. 이 이야기의 시작은 1990년대로 거슬러 올라간다. 1990년대 초, 남한은 북방외교로 소련, 중국, 베트남처럼 북한과 가까웠던 나라들과 오히려 더 가까워지는 계기를 마련했다. '이러다가 남북한이 덜컥 통일이라도 하려나' 하고 막연히 상상한 사람들이 이 시기에 꽤 있었을 것이다. 아닌 게 아니라 한국처럼 냉전 때문에 분단됐던 동독과 서독이 1990년 통일을 이루는 데 성공하기도 했다. 그 시절 언론사들은 독일 전문가나 독일인 학자를 불러 "독일은 어떻게 통일에 성공했는가, 남북한은 무엇을 배워야 할까?" 하고 묻는 행사를 열기도 했다.

그러나 기대와 달리 북한과의 관계는 전혀 다른 방향으로 진전되었다. 통일은커녕, 북한이 핵무기를 만들어버린 것이다. 북한의 핵 개발은 2010년대로 접어들어 문제가 심각해졌다. 2006년과 2009년에 이뤄진 북한의 첫 번째 핵실험과 두 번째 핵실험까지만 하더라도 그다지 북한 핵무기의 위력이 강하지는 않았다. 일부 보도에서 "북한은 핵실험에 제대로 성공하지 못했을 것"이라는 말도 나올 정도였다. 그런데 2013년에 시행한 3차 핵실험은 누가 봐도 원자폭탄이라고 할 만한 제대로 된 위력이 나왔다. 핵폭탄을 만드는 주재료가 1차, 2차에서 사용한 플루토늄 방식이 아니라 우라늄을 이용하는 방식이라는 분석도 발표되었다. 이는 북한이 핵무기를 여러 가지 방식으로 다 잘 만들게 되었다는 의미였다.

한국 정부는 안보에서 가장 괴롭고 풀기 어려운 문제가 되어버린 북한의 핵 개발 문제, 즉 북핵 문제를 어떻게든 해결하고 싶었다. 2010년대 중반, 한국 정부가 택한 방법은 북한의 동맹국인 중국과의 관계를 이용해서 어떻게든 북한의 태도를 바꾸는 것이었다. 경제·문화적 교류만 놓고 보면 이미 남한과 중국이 북한과 중국보다 훨씬 더 가까운 상황이니 중국에 도움을 부탁하려 했다고 볼 수도 있겠다.

2014년, 한국 정부는 중국 주석 시진핑을 한국으로 초청했다.

2015년에는 한국 대통령이 중국에 찾아갔다. 특히 이 해에는 한국 대통령이 중국의 군사 행사인 전승절 기념식과 열병식에 참여하기도 했다. 2015년 당시 열병식은 중국이 군사력을 과시하는 행사로 주로 중국의 군사 동맹국 관계자들을 불러 진행하던 행사였다. 한국 대통령이 그런 행사에까지 참여하는 것은 너무 지나치다는 지적이 국내 언론에서 나오며 이 일은 상당히 논란이 되었다. 그런 만큼 이 시절은 그 정도 무리를 감수할 만큼 한국 정부가 중국과 더 친해지려고 애쓰던 시절이 아니었나 싶다. 그때 대통령은 "한국과 중국 양국이 진정한 전략적 협력 동반자 관계로 거듭나고 있다"라고 공식적으로 발표하기도 했다.

한국과 중국의 관계가 진전된 결과로 2016년 중국에서 다시 한국에 판다 두 마리를 보내기로 했다. 혹자는 북한에 핵폭탄이 계속 쌓여 갈 텐데, 남한은 중국 판다만 있으면 막을 수 있느냐고 비아냥거릴지도 모를 일이다. 그러나 이때 한국으로 건너온 판다는 분명히 판다 외교의 사절이었다. 판다가 한국에 도착한 후, 다수의 한국 언론은 그 판다를 '시진핑 주석이 선물한 판다'라고 했다. 2014년 한국과 중국의 정상회담에 따른 결과라는 언급을 덧붙인 기사도 있었다. 중국에서는 판다 두 마리를 보내면서 언론 공개 행사를 꾸몄는데, 이 행사에는 중국 어린이들이 판다로 분장하고 노래와 춤을 추는 순서까지 포함되었다.

러바오와 아이바오

보잉 747기에 죽순과 대나무를 싣고

이렇게 해서 2016년 3월, 한국에 온 판다가 러바오와 아이바오다. 22년 전인 1994년 밍밍과 리리를 받아들였던 그 동물원이 다시 판다를 받기로 했다. 공교롭게도 밍밍과 리리를 맡았던 강철원 사육사가 그대로 또 판다를 맡게 되었다. 판다를 두 번째로 들여오면서 판다를 기르기 위한 공간은 1994년보다 훨씬 더 좋은 설비로 다시 지어졌다.

중국에서 두 판다는 각자 투명한 창이 있는 이동용 우리에 들어간 뒤, 커다란 무진동 트럭에 실려 공항까지 이동했다. 이후 대형 제트여객기인 보잉 747 한 대를 통째로 쓰면서 중국에서 한국으로 건너왔다. 나는 굉장히 부유한 사람은 비행기 자리를 넓게 쓰기 위해 일부러 혼자 두 개의 티켓을 사서 타기도 한다는 말을 들은 적이 있다. 재미 삼아 이야기해 보자면, 보잉 747에는 약 300명 이상의 사람이 탈 수 있는데, 판다가 어찌나 소중한지, 판다 한 마리당 150자리씩의 공간을 내어준 셈이다. 비행기를 타고 오는 중에도 판다는 대나무를 먹어야 하므로 판다가 좋아하는 대나무와 죽순까지 중국 현지에서 구해 싣고 이동했다고 한다.

러바오, 아이바오의 판다 외교는 어떤 결과를 가져왔을까? 묘하게도 두 번째 판다 이야기 역시 그 결과를 설명하기가 좀 복잡하다. 우선 그 후로 북핵 문제가 해결됐다든가 하는 극적인 변화는 나타나지 않았다. 북한 핵무기에 대한 걱정이 없어지기는커녕 2020년대로 접어들면서 세계의 외교 흐름이 달라지면서 중국과의 관계조차도 과거에 비해 어려움이 조금씩 생기고 있지 않나 하는 의견이 자주 들리고 있다.

하지만 판다가 한국인에게 얻은 인기는 과거에 비해 훨씬 더 높다. 전 세계적으로도 요즘 한국만큼 판다가 많은 화제가 되는 사례는 많지 않다. 러바오와 아이바오도 인기가 많지만, 2020년에 둘 사이에서 새끼 판다 푸바오가 태어나면서 특히 관심이 더욱 커졌다.

아기 판다, 푸바오

귀여움이 세계를 구한다

중국이 아닌 다른 나라에서 판다를 기르면서 새끼까지 태어난 사례는 드물어서 그 자체만으로도 관심을 끌 만한 일이다. 게다가 2020년대 한국은 1990년대에 비해 동물을 좋아하는 문화가 훨씬 더 성장했다. 푸바오의 모습이 인기를 얻기 좋은 환경이 마련된 것이다. 무엇보다 인터넷과 SNS를 통해 푸바오의 활동 모습이 많은 사람에게 '보기 좋은 영상'으로 공유되었다. 그 덕분에 판다는 더 많은 사람들의 마음속에 파고들 수 있었다.

한국에 온 두 번째 판다는 무엇보다 경제적으로 크게 성공했다. 문화적으로도 한국 사회에 상당한 영향을 끼치면서 파고들었다. 단적인 예로, 푸바오의 쌍둥이 동생이 태어났을 때 이름을 공모했는데, 참여 건수가 2만 건이 넘을 정도였다. 이 숫자는 한국 최초의 독자 기술 우주발사체인 누리호의 이름을 지을 때 참여한 사람 숫자의 두 배에 달한다.

세계적으로 보면 요즘 판다 외교에 대한 평가는 좀 바뀌고 있다. 무엇보다도 1970년대 판다 외교가 처음 시작되었을 때와 비교하면 중국 정부의 위치가 완전히 바뀌었다. 중국은 그때처럼 여러 나라들과 처음 교류하는 '알 수 없는 신비의 나라'가 아니다. 그와 정반대로 가장 많은 나라와 교류하며 가장 많은 상품을 전 세계에 공급하는 나라가 되었다. 중국은 한 손으로 꼽을 수 있는 강대국 중의 강대국이다. 따라서 예전과 같은 태도로 다른 나라에 판다를 보내지 않는다. 판다를 받아들이는 다른 나라의 태도도 마찬가지로 그전과 달라질 수밖에 없다.

오히려 정치 외교의 상황과 맞물려 판다가 고민거리가 되는 사

"내 귀여운 모습을 봐줘!"

건도 생기는 듯하다. 2023년 미국에서 판다 한 마리가 사망했다. 중국은 그 판다가 왜 사망했는지 중국에서 조사하겠다고 했다. 이를 두고 판다 사망 사건이 미국과 중국의 알력 싸움처럼 돌아가는 것 아니냐는 걱정의 목소리가 나오기도 했다.

그래도 나는 한발 물러서서 판다 외교의 처음 의미를 되돌아보는 게 여전히 중요하다고 생각한다. 판다가 각 나라를 오고 가기 시작한 이유는 어찌 됐든 서로 파괴하고 싸우고 대결하는 대신 친하게 지내는 게 좋아 보인다는 것이었다. 어떻게 보면 당연한 사실이다. 여기에 더해 상대방의 죄악을 부르짖기보다는 내 귀여운 모습을 봐달라고 말하는 교류의 방향도 되새길 필요가 있지 않나 싶다. 판다 정신이라고 부를 만한 태도이다. 즉, 무기나 실력으로 상대를 위협해서 원하는 바를 이루는 게 아니라, 매력과 친근함으로 관계를 발전시키는 방향을 판다들이 우리에게 알려준다.

외교관과 정치인이 갖가지 복잡한 계산과 수싸움, 전략과 계획으로 판다를 주고받는 동안에도 정작 판다는 태평하게 비행기 안에서 죽순을 먹으며 '알게 뭐냐'는 듯이 있었을 것이다. 그 모습을 떠올려 보면, 나는 다툼과 화해에 대한 여러 가지 고민 위에 무엇인가 새로운 더 높은 경지를 판다가 얹어주는 것 같은 느낌마저 받는다.

멕시코 판다, 신신

중국으로부터 자유로운 판다

판다 외교 이야기를 정리하면서 하나 덧붙이자면, 멕시코 이야기를 꼭 하고 싶다. 멕시코 판다라니! 둘은 좀 어울리지 않아 보일 것이다. 멕시코의 황량한 사막과 동아시아의 대나무 숲을 거니는 판다는 서로 가깝게 느껴지지 않는다. 그렇지만 멕시코시티의 차풀테펙 동물원에 사는 판다 한 마리는 세상 그 어떤 판다 못지않게 자기 자리를 위엄 있게 차지하고 있다.

무엇보다 이 판다는 그 관리에서 굉장히 독특한 위치에 있다. 현재 중국은 모든 판다를 빌려주는 방식으로만 외국에 보낸다. 그 판다가 새끼를 낳으면 중국 소유라서 다시 모두 중국으로 불러들인다. 이 말은 판다 밀수꾼을 통하지 않는 이상, 전 세계 모든 판다가 결국 중국 정부의 관리 아래 있으며 시간이 지나면 중국 정부가 부모 판다와 그 자손들까지 모두 다시 가져간다는 뜻이다. 그런데 차풀테펙 동물원의 신신(Xin Xin)은 그렇지 않다. 이 판다는 중국이 아니라 멕시코 차풀테펙 동물원의 관할 아래 있다. 다른 예외가 더 있을지 모르겠지만 적어도 내가 아는 한 이 멕시코 판다가 유일하게 중국 정부 관할 밖에 있는 판다다.

사연은 역시 판다 외교와 데탕트의 시대인 1970년대로 거슬러 올라간다. 1970년대 중국이 외교관계를 적극적으로 맺던 시절, 멕시코는 진작에 대만과 관계를 끊고 중국과 외교관계를 맺었다. 그 후, 중국 정부는 멕시코에 판다 암수 한 쌍을 보냈다. 이때만 하더라도 판다 외교의 초기였기에, 중국 정부는 빌려주는 방식이 아니라 판다들을 멕시코 동물원이 관할할 수 있게 완전히 넘겨주었다.

1980년대가 되어 그 판다들은 멕시코에서 새끼를 낳았다. 이것은 놀라운 일이었다. 왜냐하면 멕시코 동물원에서 태어난 판다는 중국에서 기증한 판다를 부모로 하여 중국 바깥에서 태어난 첫 번째 새끼 판다였기 때문이다. 판다 새끼가 태어나는 일은 굉장히 어렵고, 동물원에서는 거의 불가능에 가깝다는 이야기가 돌던 시절이었다. 멕시코의 동물원, 정치인, 언론인 들은 이것을 아주 좋은 사건으로 내세워 홍보하기 시작했다. 중국의 쓰촨성은 높은 산이 많은 지역인데, 멕시코시티도 높은 고원 지역에 있기 때문에 판다가 잘 적응하는 것 아니냐는 말까지 나왔던 기억이 난다. 이 때문에 1980년대에는 멕시코에 거의 판다 열풍이 불었다고 할 정도로 판다의 인기가 높았던 시절이 있었다.

서른세 살 먹은 판다

화려한 인기 뒤에도 삶은 이어진다

중국에서 멕시코로 온 한 쌍의 판다들은 이후에도 여러 새끼를 낳았다. 그중에 특히 '토후이(Tohui)'라는 판다가 건강하게 잘 자라났고, 수많은 멕시코 사람이 이 판다를 굉장히 좋아했다. 2020년대 한국에서 푸바오가 큰 관심을 받은 것과 과정이 아주 비슷하다. 굳이 비교하자면 판다의 인기 정도는 당시 멕시코가 지금의 한국보다 더했다. 판다 기념주화를 찍어내서 새끼 판다들을 기념했고, 유명 가수가 판다에 대한 노래를 불러 유행하기도 했다. 유리(Yuri)라는 가수가 부른 〈차풀테펙의 꼬마 판다(El Pequeño Panda De Chapultepec)〉라는 노래인데, 들어보면 1980년대 라틴아메리카 음악 분위기가 물씬 나는 것이, 듣기에 좋다.

토후이는 멕시코에서 태어나 멕시코에서 자란 멕시코 판다다. 토후이가 자라 다시 멕시코에서 새끼를 낳았는데, 그렇게 태어난 판다가 바로 '신신'이다. 그러므로 신신은 멕시코 태생의 어미에게 태어나 멕시코에서 자란 진짜 멕시코 판다인 셈이다. 세월이 흐르면서 신신과 같이 살던 다른 판다들은 하나둘 나이가 들어 세상을 떠났다. 지금은 멕시코에서 처음 판다가 태어나 사람들이 모두 들떴던 때에 비하면 판다의 인기도 훨씬 줄었다. 멕시코 사람들도 이제는 K팝을 듣지, 40년 전에 유행한 판다 노래를 굳이 자주 찾아 듣지는 않는다.

2023년 현재 신신은 멕시코 동물원에 남은 마지막 판다이다. 장난꾸러기 새끼 판다가 아니라 긴 세월 동물원을 지킨 노쇠한 동물이다. 신신이 동물원 안에서 지낸 세월은 2023년 기준으로 33년, 세상의 모든 판다 중에서도 손에 꼽을 정도로 나이가 많이 든 축에 속한다. 그렇지만 신신은 아직 그대로 굳건히 자리를 지키고 있다. 중국과 대만이 치열한 경쟁을 하고, 외교상의 고려 때문에 태평양 건너 멀리 멕시코에까지 두 마리 판다를 보내고, 판다의 모습에 수많

매력과 친근함으로 관계를 발전시키는 법을 판다에게서 배운다.

은 사람들이 환호하고, 그러다 보니 중국 관할권 바깥에 있는 아주 독특한 처지의 판다라는 말을 듣게 되었다. 그사이 중국이 강대국으로 발전하고, 외교 상황이 변해 세상이 바뀌어 가고, 그러다가 그 모든 것을 대부분의 사람들이 다 잊어버려 찾아오는 사람조차 그다지 많지 않은 지금도, 동물원의 유리창 너머에서 신신은 33년째 변함없는 표정으로 나무 사이를 어슬렁거리고 있다.

판다 Q&A

Q. 판다의 새끼는 왜 작게 태어날까?

A. 국내에서 태어난 판다 새끼들의 출생 직후 몸무게를 보면 대개 200g이 채 되지 않는다. 사람 손바닥 하나에 올려놓을 수 있는 크기이며, 어미 판다의 무게가 100kg 이상이 되는 경우도 있는 것과 비교해 보면, 어른 판다와 새끼의 몸무게 차이가 거의 5백 배에 달한다는 뜻이다. 어른의 크기 차이를 감안하며, 갓난 '아기 판다'는 갓난 '아기 사람'의 20분의 1 정도밖에 되지 않는 아주 작은 크기라고 볼 수 있다. 덩치가 큰 동물이 새끼일 때와 자라났을 때의 크기 차이가 많이 나는 일은 종종 있는 편이다.

그렇지만 다른 곰들에 비해서도 판다는 유독 작은 크기로 태어나는 편이다. 2017년 캐서린 스미스 연구팀은 판다 새끼가 유독 작은 이유를 판다의 식성으로 추측하는 연구 결과를 발표한 적이 있다. 즉 다른 곰에 비해서 판다는 단백질이 부족하고 영양분이 많지 않은 대나무를 먹고 살기 때문에 어미가 새끼의 몸집을 더 크게 키울 수 있을 정도의 영양을 확보하는 것이 어렵다고 본 것이다. 그래서 어쩔 수 없이 새끼가 유독 작고 연약한 상태로 태어날 수밖에 없다.

Q. 판다들의 생일은 다 7월인 거 알아?

A. 많은 동물과 식물들은 계절에 따라 생활 습성이 정해져 있다. 특히 야생 동물 중에는 이런 사례가 더욱 많다. 흔한 예시로 야생 상황에서 모기들은 대부분 여름철, 6월에서 8월 사이에 태어나서 살다가 죽

는 것이 너무나 당연한 습성이다. 이와 비슷하게 판다는 대나무가 우거져서 먹을 것을 구하기 좋은 7월에서 8월에 태어나곤 한다. 보통 판다들이 태어난 시기를 보면 7월이 가장 많으며, 한국에서 태어난 판다들도 모두 7월생이다. 물론 동물원에서 살며 태어나는 판다의 경우, 이런 습성을 정확하게 따르지 않아도 살아남기에 어렵지 않으므로 다른 시기에 태어나는 예외도 있다. 예를 들어 다른 나라에서 생활한 판다들의 사례를 보면 9월에 태어난 판다도 있다.

우리가 지금 아는 '판다'는 레서판다와 비슷한 아류 동물이라는 의미로
'자이언트 판다'라 불렸다. 그렇지만 이제 당당히 판다라는 이름의 대표가 되었다.
남보다 낮은 대접을 받았다고 너무 좌절할 것도 없고, 주류 세력에 비해
곁가지 취급당했다고 너무 기분 나빠할 것도 없다. 세월이 흐르는 동안
조금씩 그냥 잘 살다 보면, 결국 점점 처지가 달라지고 언젠가
완전히 상황이 뒤집히는 시절이 오게 된다.

PART 6

판다는 남의 아류 취급을 받았지만 결국 주류가 된다

나를 어떤 이름으로 부르든
크게 신경 쓰지는 않았어.
내가 '나'라는 사실은
언제나 변하지 않으니까.

판다가 고양이라고?

중국에서 판다라고 부르지 않는 이유

야생에 판다가 살고 있는 중국에 가서 '판다'라고 말하면 의외로 무슨 말인지 이해하지 못하는 사람을 만날지도 모른다. 왜냐하면 정작 중국에서는 판다를 '판다'라고 부르지 않기 때문이다. 판다에 대해 특별히 관심이 많다면 외국에서 부르는 '판다'라는 이름을 알고는 있겠지만, 중국인 대부분은 판다를 '판다' 또는 '판다'와 비슷한 발음으로 부르지 않는다. 중국에서는 판다를 '시웅먀오(熊猫)'라고 부른다.

시웅먀오의 한자를 한국식으로 읽으면 웅묘가 된다. 곰 웅(熊) 자에 고양이 묘(猫) 자다. '곰 고양이'라는 뜻이니까 겉모습에 상당히 어울리는 이름이다. 언뜻 생각하면 곰은 곰인데 고양이처럼 귀엽다는 의미 같다. 얼룩무늬의 고양이처럼 흰색과 검은색이 어우러진 곰이라고 풀어볼 수도 있겠다. 판다는 몸의 굴곡이 새끼 고양이처럼 보드랍고 동글동글한 느낌도 나니까 비슷하다. 고양이는 재롱을 잘 부리며, 호기심이 많아 다양하게 장난치는 걸 좋아하는 데다 나무에 올라가는 것도 즐긴다. 판다 역시 나무를 잘 타고 장난치다가 기분이 좋으면 앞구르기까지 한다. 이런 모습을 보고 있으면 영락없이 장난기 많은 고양이가 떠오른다.

하지만 아무리 그래도 판다는 고양이보다는 곰에 더 가까워 보인다. 판다의 뒷모습만 보고 무슨 동물인지 맞혀보라고 하면, 고양이보다는 아무래도 곰에 훨씬 더 가까워 보인다고 하는 사람이 많을 것이다. 곰을 어떻게 잘 변장시키면 판다처럼 꾸밀 수 있겠지만, 고양이를 어지간히 변장시켜도 고양이가 판다 흉내를 내게 하기란 어려울 것이다. 그렇게 생각하면 판다는 고양이 같은 곰이라고 부르는 것이 맞다. '곰 같은 고양이(웅묘)'라고 하면 어울리지 않는다.

한국어나 중국어에서는 앞에 나오는 말이 특징을 나타내는 말이고, 뒤에 나오는 말이 본체를 나타내는 말일 때가 많다. 예를 들어 호랑나비는 호랑이 같은 화려한 무늬를 지닌 나비라는 뜻이지 나비처럼 날아다니는 호랑이라는 뜻이 아니다. 안경원숭이 역시 안경을 쓴 듯한 원숭이라는 뜻이다. 원숭이 모양의 안경이라는 뜻이 아니다.

고양이 같은 느낌을 주는 곰이라면 '고양이 곰'이라고 불러야 자연스럽다. 한자로 쓴다면 '묘웅(猫熊)'이라고 해야 한다. 그런데 지금 판다는 중국어로 '웅묘(熊猫)'다. '고양이 곰'이 아니라 '곰 고양이'라는 뜻이다. 좀 이상하지 않은가? 옛날 중국 사람들 눈에는 판다가 곰보다는 고양이랑 더 닮아 보였을까? 살이 통통하게 찐, 채식을 좋아하는 고양이로 생각했다는 의미일까? 왜 이런 이름이 붙었는가에 대해서는 어떤 설명이 가장 정확한지 잘 모르겠다. 하지만 판다를 다룬 이런저런 자료를 보니 꽤 널리 퍼진, 전설 같은 이야기 하나가 있었다.

판다는 쓰촨성의 산속에서만 사는 동물이라서 중국에서도 예전부터 널리 알려진 동물은 아니었다. 판다가 처음 중국 사람들에게 소개된 것은 20세기 중반 이후였다고 한다. 새로 등장한 이 동물에 새로운 이름이 생겨 널리 퍼져나갔다. 처음에는 우리의 상식대로 고양이 같은 곰, '묘웅'이라는 이름이 붙었다. 그런데 20세기 중반, 동아시아 국가들이 유럽 문화를 대폭 받아들이면서 기존 문화가 크게 변화한 탓에 문제가 생겼다.

한국만 하더라도 조선시대 이전에는 원래 글자를 오른쪽에서 왼쪽에서 읽는 것이 기본이었다. 지금과 반대 방향이다. 옛날에 나온 책들을 보면 글자가 세로로 적혀 있다. 세로로 한 줄을 다 쓰고 나면 그 왼쪽에 글을 이어서 썼다. 1980년대까지 심지어 신문에서도 이렇게 세로쓰기 방식으로 글을 쓰는 경우가 많았다. 그렇기 때문에 가로로 글을 쓸 때에도, 오른쪽에서 왼쪽으로 글을 쓰는 일이 흔했다. 경복궁의 광화문에 가보면, '門化光'이라고 적혀 있다. 오른쪽부터 왼쪽으로 읽어야 광화문이다. 서대문의 독립문도 마찬가지로 오른쪽에서 왼쪽으로 읽어야 한다. 왼쪽에서 오른쪽으로 글을 쓰는 것이 널리 퍼진 요즘 사람들이 보면 '문립독'이라고 거꾸로 쓴 것처럼 보기 십상이다. 최근에 들어와서 글을 가로로 쓰는 일이 많아지면서 방향을 바꾸는 김에 영어, 프랑스어, 독일어 같은 유럽 언어처럼 글자를 왼쪽에서 오른쪽으로 쓰는 방식으로 바꾸기로 했기 때문이다.

중국에서도 바로 한국처럼 이런 변화가 있었다. 판다가 처음 소개될 무렵, 사람들은 글 쓰는 방향의 변화 때문에 혼란을 겪고 있었다. 판다를 전시해 놓은 곳에서 동물의 이름을 고양이 같은 곰, 묘웅이라고 썼지만, 사람들은 반대로 읽어서 웅묘, 즉 곰 같은 고양이라고 읽게 되었다고 한다. 그러다가 그 말이 널리 퍼져나가 쓰이는 바람에 엉뚱하게도 곰 고양이, 웅묘라는 이름이 굳어져 버렸다는 것이다.

이 사연이 얼마나 믿을 만한 이야기인지는 나도 잘 모르겠다. 그러나 중국어로 판다를 부를 때 웅묘와 묘웅 사이에 혼란이 있었던 것은 사실이다. 야생 판다가 살고 있는 중국 본토에서 판다를 웅묘라고 부르기 때문에 웅묘라는 말이 좀더 기준이라고 할 법하다. 그렇지만 또 대만에서는 여전히 판다를 원래의 의미에 더 가깝게 '묘웅'이라고 표기한다.

쇠를 먹는 신령한 맥

조선시대에 나타난 맥은 판다였을까?

판다는 현대에 들어와 본격적으로 널리 알려졌다. 과거에는 판다를 뭐라고 불렀을까? 중국 고전에 나오는 전설 속의 동물, '맥(貘)'이 판다와 관련이 있다는 주장을 나는 자주 접했다. 맥은 곰을 닮은 것으로 묘사되는 동물인데, 전설 속의 신비한 짐승인 만큼 사악한 것을 쫓아내는 신령스러운 힘을 가졌고, 철을 씹어 먹는 특이한 습성이 있는 것으로 전해진다. 중국 당나라의 유명한 시인 백거이가 맥을 그려놓은 병풍을 보고 쓴 글이 〈맥병찬(貘屛贊)〉이라는 이름으로 알려지기도 했다.

생각해 보면 전설 속의 맥과 판다의 습성이 연결되는 느낌이 없지는 않다. 판다는 육식성이 아니라 사람을 노리고 공격하지 않는다. 대나무만 먹고 사니까 옛사람들도 판다는 사악한 짐승이 아니고, 평화로운 짐승이라는 인상을 받았을 것이다. 하지만 딱딱한 대나무를 씹어 먹고 사는 모습을 처음 본 사람들은 판다를 무섭게 봤을 수도 있다. 이 목격담이 과장되어 판다는 쇠도 먹는다는 이야기가 돌았던 것은 아닐까?

상상해 보자. 먼 옛날 어느 농부가 뒷산에 있는 대나무를 잘라

농기구를 만들 계획을 세웠는데, 어느 날 판다가 그 대나무를 우적우적 씹어 먹고 있는 모습을 보았다. 농부는 충격을 받아 "내 농기구 만들 재료를 이상한 짐승이 다 씹어 먹었네"라고 말하며 소문을 냈다. 요즘이라면 그 장면을 사진으로 찍어 SNS에 올릴 테니 오해가 없겠지만, 고대에는 스마트폰도 없고 SNS도 없었다. 농기구 만들 재료를 우적우적 씹어 먹는 짐승이라는 말은 이리저리 퍼지다가 농기구 만들 때 쓰는 재료인 쇠를 씹어 먹는 짐승이라는 말로 바뀔 수도 있지 않았을까. 이런 이상한 소문이 퍼지고 있는데 실제 보니 판다는 느긋하고 멋진 모습이다. 이를 보고 호감을 느낀 사람들이 판다는 사악한 기운을 내쫓는다는 말을 더 얹어 붙인 게 아닐까 상상해 본다.

단, 맥에 대한 여러 자료나 그림을 보면 맥이 판다라고 하기에는 어려운 점도 있다. 맥이라는 짐승에 대한 전설은 한반도에도 전해졌다. 18세기 조선에서는 맥의 그림을 그리거나, 맥의 그림을 새겨 나쁜 기운을 쫓는 풍습이 꽤 유행하기도 했다. 그런데 이런 그림 속의 맥은 판다보다는 오히려 코끼리와 더 비슷해 보인다. 전설은 시간이 지나면서 계속 변화하는 것이라 전설 속 짐승이 애초에 무엇이었는지, 그 실체를 명확히 알기는 어려운 듯하다.

중국의 맥 전설이 일본에 전해진 뒤에는, 맥이 사람의 꿈을 먹는 짐승이라는 이야기로 변형되어 퍼졌다. 맥 이야기가 '바쿠(ばく)'

라는 일본식 발음으로 여기저기 기록되기도 했다. 어쩌면 처음 맥 전설이 탄생한 것은 판다 때문인데, 이후 판다와 아무 관계 없는 이야기로 전설이 자꾸 바뀌었을 수 있다. 그 반대도 가능하다. 판다와 아무 상관 없이 '맥'이라는 짐승에 대한 전설이 탄생했는데, 우연히 판다를 목격한 사람들이 자기가 본 것이 혹시 전설 속의 맥이 아니냐고 말을 갖다 붙였을 수도 있다.

신기한 이야기를 하나 덧붙이자면 《조선왕조실록》의 1747년 음력 11월 5일 기록에 이런 이야기가 있다. 평안도에 괴상한 짐승이 나타나 총을 쏴서 잡았는데, 그 짐승 가죽을 본 신하 중에 이것은 맥인 것 같다고 한 사람이 있었다는 것이다.

그 짐승 가죽에 대한 기록을 보면 앞발은 호랑이 발톱, 뒷발은 곰 발바닥이라는 묘사가 있어서 곰과 비슷한 짐승이라고 짐작할 수 있다. 앞발이 호랑이 발톱이라고 되어있는 것은 판다 특유의 여섯 번째 발가락, 즉 엄지가 달린 모습을 과장해서 표현한 것인지도 모른다. 마침 평안도는 서울에서 중국을 오가는 길목이다. 혹시 중국을 드나들던 어느 상인이 중국에서 우연히 판다를 발견하고 그것을 조선으로 몰래 데려왔는데 실수로 놓쳤다가 다른 사람이 총으로 쏜 것은 아닐까?

하지만 《조선왕조실록》에는 "그 짐승 가죽이 코는 산돼지 같고 머리는 말 같다"라는, 판다와 자못 다른 생김새를 기록한 내용도 같이 실려 있다. 그래서 그 짐승이 과연 무엇이었는지 판단하기가 쉽지 않다. 이들은 학술적으로 '타피루스(Tapirus)'라고 불린다. 혹시 창경궁이나 창덕궁 어느 깊숙한 곳 한편에, 1747년 발견된 그 짐승의 가죽이 일부라도 지금까지 보관되어 있다가 불현듯 발견될 수도 있지 않을까? 낮 꿈 같은 상상일 뿐이지만 만약 그렇게 된다면 DNA 분석을 통해서 그 알 수 없는 동물이 과연 판다였는지, 맥이었는지, 혹은 또 다른 뭐였는지, 참으로 오래간만에 밝혀낼 수 있을 텐데, 하고 생각해 본다. 참고로 현대 중국에서 맥(貘)이라는 한자로 나타내는 동물은 판다와 전혀 다른 동물이다.

청나라 멸망과 함께 사라진 사불상

중국이 역으로 수입한 동물

중국 외의 다른 지역에서는 판다를 부르는 말로 널리 쓰이는 '판다'라는 이름에는 더 재미있는 사연이 얽혀있다. 이야기는 19세기 후반에 활약한 프랑스의 아르망 다비드(Armand David)라는 종교인 출신의 과학자에게서 시작된다.

19세기 후반, 중국 청나라 말기에 많은 유럽인들이 새로운 사업 기회를 찾아 중국으로 몰려갔다. 아르망 다비드는 그들 사이에서 중국을 방문한 인물인데, 종교인이었던 그는 돈 벌 궁리보다는 중국의 자연을 조사하는 데 관심이 많았다. 그래서 그는 유럽인들이 알지 못하는 다양한 중국의 동·식물을 조사해 유럽 과학계에 알리는 역할을 했다. 그 가운데 그의 공적을 극적으로 드러낸 동물이 바로 '사불상(四不像)'이다. 사불상은 얼굴이 말처럼 길쭉하게 생긴 사슴 비슷한 동물로, 우람하고 멋진 뿔을 가졌다. 사불상이라는 특이한 이름은 사슴의 뿔, 말의 머리, 당나귀의 몸, 소의 발굽을 갖고 있어서, 네 동물과 비슷하면서도 또 어느 것도 아닌 묘한 특징을 표현한 것이다.

옛날 중국에서는 사슴과 닮은 신비로운 동물을 임금이 중시할 때가 많아서 사슴과 비슷한 이상한 동물이 나타났다는 소문이 돌면 나라의 좋은 일로 생각하는 문화가 있었다. 사불상 같은 특이한 사슴은 중국에서 가장 높은 지위인 임금이 갖고 있어야 하는 마법의 짐승으로 취급됐던 것 같다. 자연스럽게 사불상은 궁궐이 관리하는 땅에서 길러졌다.

중국을 방문한 조선인들도 사불상이 신비한 짐승이라는 이야기를 들었던 모양이다. 성해응의 《연중잡록》을 보면 중국의 수도 북경에 이런 짐승이 있다는 소개가 실려 있다. 확실히 사불상이 희귀한 동물이었는지, 그 옛날에도 야생의 사불상은 멸종된 상태였다.

청나라 말기에도 중국의 사불상은 고위층에서 가둬놓고 사람의 손길로 기르던 것들뿐이었다고 한다.

아르망 다비드는 사불상을 유럽에 소개했다. 신기한 것들을 좋아하고 이국적인 물건들을 모으는 것을 좋아하던 유럽의 돈 많은 수집가들은 이후 사불상을 중국에서 들여왔고 이곳저곳에서 기르기 시작했다. 세월이 흘러 청나라가 망해가던 혼란한 시기, 관리 소홀인지 정작 중국에서는 기르던 사불상이 모두 죽고 말았다. 마침 이후 중국은 임금이 없는 정부인 공화국 체제로 급변했다. 공교롭게도 사불상은 정말 중국의 임금을 상징하는 마법의 동물이 아니었을까. 그런 실없는 말을 하는 사람도 있었을 것이다.

그러나 전 세계에서 사불상이 완전히 사라진 것은 아니었다. 중국에서는 사불상이 멸종되었지만, 아르망 다비드의 소개 이후 유럽의 동물원 등지로 데려간 사불상이 새끼를 치면서 그 수가 불어났다. 이렇게 동물원에서 기른 사불상은 전 세계로 널리 퍼졌다. 한국의 서울대공원 동물원에도 사불상이 있어서 새끼를 치기도 했다.

세월이 흘러 20세기에 들어서면서 중국은 유럽에 살아남은 사불상을 역으로 수입해 다시 중국 땅에 사불상이 살게 하자는 정책을 추진했다. 그렇게 해서 사불상 몇 마리가 중국으로 돌아왔다. 이번에는 궁궐 뒤뜰에 신비의 동물로 가둬놓고 기르는 대신 들판에 풀어놓고 수백 년, 어쩌면 수천 년 만에 처음으로 사불상이 다시 자연에서 적응해 번성하기를 바랐다. 중국 정부의 정책은 상당한 성공을 거두어 지금은 수천 마리의 사불상이 자연에서 살아가고 있다.

레서판다 vs 자이언트 판다

판다의 원조는 누구일까

아르망 다비드는 사불상을 유럽 과학계에 알린 것과 비슷한 시기에 다른 동물의 표본도 보냈다. 살아있는 상태는 아니고, 중국 어느 민가에서 우연히 이 동물의 가죽이 남아있는 흔적을 보고 습성이 특이한 새로운 동물로 보인다고 판단해 유럽의 과학계에 알렸던 것이다. 그 동물이 바로 우리가 아는 판다였다.

이 동물이 소개된 후 유럽 과학계에서는 이 동물이 이전에 판다라고 부르던 동물과 비슷하다고 생각한 모양이다. 당시 유럽 사람들 사이에서 판다라고 불리던 동물은 요즘은 '레서판다' 혹은 붉은 색깔이라고 해서 '레드 판다'라고도 하는 너구리와 비슷하게 생긴 동물이었다. 다시 말해서, 놀랍게도 유럽 사람들이 원래 '판다'라고 부르던 동물은 레서판다였다. 지금 우리가 알고 있는 판다가 아니다. 레서판다가 판다의 원조였다. 그냥 '판다'라고 하면 다들 레서

판다를 떠올리던 시절이 있었다는 이야기다.

그런 상황에서 아르망 다비드가 곰 같은 크기의 새로운 큰 동물을 소개하자, 사람들은 그 새롭고 큰 동물을 레서판다 종류 중에서도 거대하다고 해서 '자이언트 판다'라고 불렀다. 자이언트 판다라는 이름은 지금도 널리 사용되고 있다. 우리말로 번역하면, 대왕판다. 이 이름을 들어본 사람이 많을 것이다.

처음 판다라고 불리던 동물, 그러니까 레서판다가 '판다'라고 불린 이유는 레서판다가 사는 지역 사람들이 예로부터 그 동물을 판다라고 불렀기 때문이다. 떠도는 이야기에 따르면 대체로 네팔 지역에서 레서판다를 '판다' 비슷한 발음으로 불렀고, 그것이 유럽 사람들이 부르기 쉬운 발음으로 변화해 굳어지면서 '판다'가 된 듯하다. 아마도 레서판다의 식습관이나 습성을 보고 네팔 사람들이 예로부터 '판다'와 비슷한 이름을 붙여서 부르지 않았나 싶다.

원조 판다라고 할 수 있는 레서판다는 지금 우리가 판다라고 부르는 자이언트 판다와 비교해 볼 때, 얼핏 봐서는 크게 닮지 않았다. 자이언트 판다는 반달곰만 한 큰 동물이고 그에 비해 레서판다는 너구리만 한 작은 동물이기 때문이다. 자이언트 판다는 꼬리가 짧고 레서판다는 털 많은 긴 꼬리를 갖고 있다. 그래서 레서판다는 잘 때 춥지 않게 이불 대신 꼬리를 안고 자는 재미난 습성이 있다. 또 자이언트 판다의 털이 검은색, 흰색인 데 반해 레서판다의 털은 붉은빛이 감도는 갈색이다.

그 밖에도 차이점은 많다. 예를 들어 자이언트 판다는 워낙 덩치가 크기 때문에 딱히 상대방을 위협하는 특별한 동작이 없다. 그에 비해 레서판다는 크기가 작기 때문인지, 상대방에게 강한 감정을 표시할 때면 몸이 크게 보이도록 두 발로 일어나서 팔을 번쩍 든다. 사람이 보기에는 조그마한 체구의 동물이 문득 두 발로 일어서서 만세를 부르는 것 같은 동작을 하는 것처럼 보인다. 그래서 이 동작을 재미있다고 생각하기도 한다. 그러나 사실 레서판다에게 그 동작은 최대한 몸을 크게 보이게 해서 적을 위협하기 위한 모습일 수 있다. 그렇게 생각하면 조그마한 레서판다의 생각과 그 애쓰는 모습이 좀 우습기도 하고 안쓰럽기도 하다. 그런 이유로 레서판다 역시 나름대로 인기 있는 동물이다.

레서판다와 자이언트 판다가 이렇게 다른데도 옛사람들은 둘이 서로 비슷하다고 생각했다. 거기에는 그럴 만한 이유가 있다. 일단 두 동물이 모두 식육목이라는 분류에 속한다. 식육목은 곰, 고양이, 개 등이 소속된 분류이다. 그러니까 레서판다와 자이언트 판다가 다르기는 해도 둘 중 하나가 완전히 엉뚱하게 돼지나 소가 속한 '우제목'으로 분류되는 동물이거나, 원숭이가 포함된 '영장목'으로 분류되는 것만큼 엄청나게 다르지는 않다. 넓게 보면 그렇게 먼 동물처럼 보이지는 않는다.

대나무를 손으로 먹기 좋아하는 판다와 레서판다

결정적으로 레서판다와 자이언트 판다는 둘 다 대나무를 잘 먹는다. 이는 아주 큰 공통점이다. 둘 다 식육목인데 대나무를 잘 먹는 것은 확실히 특이하다. '식육목'은 고기를 먹을 줄 아는 동물이라는 뜻이다. 곰, 고양이, 개들은 식육목이라는 이름 그대로 고기를 먹을 줄 안다. 레서판다와 자이언트 판다가 식육목이면서도 식물인 대나무를 잘 먹는 것은 눈에 뜨일 만한 특이한 습성이다. 식물 중에 먹기 좋은 과일이나 물렁물렁한 채소도 아니고 하필 딱딱한 대나무를 먹는다니 개성 있어 보이지 않는가?

심지어 레서판다 역시 자이언트 판다처럼 앞발이 대나무를 잡기 좋은 손 구조를 갖고 있다. 앞발의 뼈 하나가 특이하게 자라나서 엄지손가락처럼 된 형태가 레서판다의 앞발에도 나타나기 때문이다. 사람들은 그래서 레서판다와 자이언트 판다가 비슷한 하나의 동물 무리라고 생각했다. 이런 생각은 아르망 다비드가 자이언트 판다를 유럽에 처음 소개해 자이언트 판다를 과학적으로 연구하기 시작한 뒤로 거의 100년 가까이 유지되었다.

판다 같은, 판다 아닌 동물들

아메리카너구리, 레서판다, 오소리

곰보다는 너구리를 닮은 외모로 어느 정도 짐작할 수 있듯이 레서판다는 아메리카너구리 그러니까 라쿤(Raccoon)과 가까운 동물이다. 그 때문에 1980년대만 하더라도 자이언트 판다 역시 곰이 아니라 레서판다처럼 아메리카너구리에 가까운 동물이라고 여겼다. 과학 상식 퀴즈나 동물 퀴즈 프로그램에 '착각하기 쉬운 지식'이라면서 이 이야기가 나오기도 했다. 그 시기 과학 상식 책을 보면 판다는 곰이 아니기 때문에 '판다 곰', '팬더 곰'이라고 말하면 오류라고 지적하는 글도 자주 실렸다.

말이 나온 김에 하나 짚고 넘어가자면, 너구리, 아메리카너구리, 오소리의 관계는 상당히 복잡한 면이 있다. 아메리카너구리는 사실 너구리와는 거리가 좀 먼 동물이다. 우선 너구리는 개과 동물로 분류되며 그만큼 개에 가까운 짐승으로 본다. 그에 비해 아메리카너구리는 개과로 분류되지 않는다. 얼굴 모습과 몸 체형이 어쩌다 너구리와 닮긴 했지만 사실 개보다는 족제비에 가까운 동물이다. 아메리카너구리는 '아메리카너구리과'라는 자기만의 과로 분류된다.

우리나라에서는 오소리와 너구리를 비슷하게 생각하는 경향이 있다. 오소리는 땅을 잘 파는 부류의 너구리라고 여기는 식이다. 생김새를 보면 과연 닮기도 했다. 그러나 사실 오소리도 개과 동물로 분류되는 너구리와 달리 오히려 족제비에 더 가까운 동물이다. 오소리는 보통 족제비과 동물로 분류된다. 그렇다면, 아메리카너구리는 우리나라의 너구리보다는 차라리 오소리에 좀더 가까운 편이다. 혼동을 피하려면 아메리카너구리를 '아메리카오소리'라고 부르는 게 좋지 않을까?

오소리는 족제비과 동물이지만 특이하게도 그 쓸개에 우르소데옥시콜산(ursodeoxycholic acid)이라는 독특한 성분이 들어있다고 한다. 예로부터 한국에서는 오소리 고기나 오소리 기름이 몸에 좋다고 생각하는 풍습이 있었다. 오소리 쓸개의 성분도 가치가 있다는 생각에 한국의 옛 풍습이 더해져 1990년대 말, 공공기관에서 농민들에게 오소리를 키워보라고 권하던 시기가 있었다. 그 때문에 지금도 경상북도 몇몇 지역을 비롯하여 전국에 오소리 사육 농가들이 몇 곳 있다.

가만 살펴보면 오소리도 판다와 닮은 점이 상당히 많다. 우선 오소리도 판다처럼 검은 바탕에 흰 무늬가 있다. 한국에서 사육하는 오소리는 검은 모양이 아주 강하지는 않지만, 배 부분에 색깔이 짙으니까 만약 오소리가 판다처럼 앉아있다면 전체 색깔이 비슷해 보일 것이다. 또 검은색과 흰색이 섞여 있는 판다 얼굴과 마찬가지로 오소리 얼굴에도 흰 줄무늬가 있어 닮았다. 사람들은 판다의 얼굴에 검은 무늬가 있는 이유는 판다끼리 서로 얼굴을 구분하기 위해서라고 짐작한다. 어쩌면 오소리들도 같은 이유로 얼굴에 무늬가 있는 것이라고 상상해 볼 수 있지 않을까?

오소리는 길이에 비해 몸이 아주 통통해지는 습성이 있다. 겨울잠을 앞두고 있을 때는 몸 전체가 둥글둥글한 모습으로 변해 배와 엉덩이가 무척 튼실해진다. 나는 이 모습도 판다와 닮았다고 생각한다. 2023년에 대구의 팔공산에서 곰을 목격했다는 소식이 화제가 되었다. 그때, 조사 결과 곰이 아니라 오소리를 본 것으로 추정된다는 답이 나왔다. 이 정도면 오소리가 그만큼 곰 같아 보인다는 뜻 아닌가?

오소리는 위기에 처했을 때, 죽은 척하는 재미난 습성이 있다. 이런 행동을 하는 이유는 육식동물의 습성을 역으로 이용하기 위해서다. 몇몇 육식동물은 살아있는 동물만 먹는 습성이 있다. 썩은 고기를 먹어 병에 걸릴 위험이 적고, 전염병 같은 것을 옮길 수 있는 병든 먹이를 피할 수 있는 장점이 있기 때문이다. 그러니 오소리 입장에서는 육식동물이 덤벼들어 궁지에 몰렸을 때 죽은 척하면, 육식동물이 더 이상 먹으려 들지 않을 것이다. 이런 식으로 위기를 피하는 습성도 굳이 다른 동물을 공격해 먹으려 들지 않는 판다를 떠올리게 한다.

물론 오소리와 자이언트 판다 사이에는 차이점도 많다. 자이언트 판다가 대나무를 먹고사는 것과 달리 오소리는 주로 벌레를 먹고 산다. 식물도 먹지만 작은 동물을 공격해 먹기도 한다. 또한 오소리는 땅을 잘 파는 특징이 있다. 판다의 손과 같은 엄지는 없지만 대신 땅을 잘 팔 수 있는 앞발이 있다. 그래서 굴을 깊숙이 파고 들어가 지내는 습성이 있다. 특히 오소리는 꽤 큰 굴을 만들고 여럿이서 모여 산다. 오소리 굴의 길이는 긴 것은 무려 20m에 달하기도 한다. 이 정도면 사람이 만든 집에 버금가는 크기다. 오소리는 굴을 파서 만든 집에 화장실도 따로 만들어 놓고 쓴다. 볼일을 볼 때면 항상 그 방에 가는 습관이 있다.

나는 오소리의 이런 습성이 굉장히 재미있고, 연구 가치가 크다고 생각한다. 하지만 오소리나 그 비슷한 동물은 전 세계에 많이 퍼져있어 중국에만 사는 희귀동물인 자이언트 판다에 비하면 그만한 대접을 못 받고 있다. 나는 한국에 사는 야생 오소리 실태에 대해 더 많은 사람들의 관심이 필요하다고 본다. 오소리와 인연이 있는 어느 지역에서 '오소리 도시', '오소리 고장'이라고 적극적으로 내세우며 오소리에 특화된 어떤 동네 만들기 사업을 해봐도 좋을 듯하다. 마침 오소리는 족제비과에 속하는데, 레서판다도 개나 곰에 비하면 족제비에 좀더 가까운 동물이다. 그러니 오소리에게 '굴 잘 파는 판다', '터널 판다' 같은 별명을 붙여도 될 만하다고 상상해 본다.

암센터에서 연구한 판다

자이언트 판다와 레서판다는 어떤 관계일까

자이언트 판다와 레서판다의 관계에 대한 의문이 풀린 것은 1980년대 중반의 일이다. 친족 관계가 가까운지, 먼지, 얼마나 가까운 동족이고 얼마나 먼 관계인지 따질 수 있는 가장 확실한 방법, DNA 분석기술이 등장했기 때문이다. DNA 실험을 활용하여 처음으로 둘의 관계를 정리해 밝힌 과학자는 미국 국립암센터의 스티븐 J. 오브라이언(Stephen J. O'Brien)과 그의 팀 동료들이었다.

언뜻 생각하면 암센터에서 레서판다와 자이언트 판다의 관계 연구를 도대체 왜 할까 싶다. 그런데 암 연구에서는 DNA를 다루고 분석하는 기술을 개발하는 것이 매우 중요하다. DNA 손상이 암 발병의 중요한 원인으로 간주되기 때문이다. 그렇다 보니 DNA를 다루는 실험 기술에 관한 연구가 가지각색으로 뻗어나가다 판다까지 연구 대상으로 삼으며 활용 가능성을 살펴본 것이다. 과학 연구는 이렇게 단순한 상상 바깥의 넓은 범위로 뻗어나가 연결될 때가 많다.

요즘은 자이언트 판다의 DNA를 모조리 분석해서 백만분의 1mm 정도 단위로 그 구조에 관한 주요 정보를 다 밝혀놓을 수도 있다. 자이언트 판다의 DNA를 모두 염기라고 하는 촘촘한 단위로 일일이 나누어 살펴볼 수 있다는 뜻이다. 이 작업을 염기서열분석(sequencing)이라고 한다. 이 방식으로 DNA를 분석하고 나면 대략 몇 GB(기가바이트) 정도의 자료로 DNA의 모습이 정리된다. 그러면 그 자료를 가지고 어떤 동물의 DNA를 분석한 자료와 얼마나 비슷한지, 다른지를 컴퓨터로 비교할 수 있다. 실제로 이런 식으로 판다 DNA를 연구한 결과도 종종 찾아볼 수 있다.

그러나 1980년대 중반에는 이런 식의 DNA 실험이 쉽지 않았다. 지금이야 작은 실험실에서도 어렵지 않게 준비해 자동 기계에 넣어두면 짧은 시간 안에 DNA 염기서열분석 결과가 뚝딱 나온다. 그렇지만 1980년대에는 자동 기계도 없었고, 좋은 분석 방법도 아직 개발되지 않았다. 그때 자이언트 판다의 DNA를 염기서열분석으로 모두 분석하려 했다면 세계 최고의 과학자들이 달라붙어 족히 10년 정도는 작업했어야 할 것이다.

설령 그 작업이 모두 끝난다고 해도, 몇 GB 정도 되는 자료를 쉽게 이동해서 비교할 수 있는 컴퓨터도 없던 시대다. 1980년대의 과학자들도 요즘 방식으로 DNA를 비교 분석해 볼 수도 있을 거라는 상상은 할 수 있었겠지만, 그 시대에 그런 비교 분석을 실제로 하기에는 너무나 많은 비용과 시간이 소요된다. 그렇다면 그 시절에는 어떻게 자이언트 판다와 레서판다의 DNA를 비교 분석했을까?

DNA라는 물질의 아주 재미난 특성으로, DNA는 혼자 있는 것이 아니라 둘씩 짝지어 있다는 점을 들 수 있다. 생물의 세포 속에 있는 DNA는 두 가닥이 서로 맞물려 붙어서 꽈배기 모양으로 꼬인 형태다. 이 모양을 '이중나선 형태'라고 부른다. DNA는 서로 짝을 맞춰 딱 맞게 이중나선을 이루며 꼬이는 성질이 있기 때문이다. 그런데 약품을 이용해 실험실에서 조작하면 꼬여있던 DNA 두 가닥을 풀어 한 가닥씩 분리할 수 있다. 그리고 그 후 다시 섞어놓으면 자연스레 다시 짝을 맞춰 두 가닥이 맞물리며 달라붙는다. 원래의 꽈배기 모양으로 되돌아가는 것이다. 그러니까 두 가닥이 꼬인 채로 붙어 있는 DNA를 풀기도 하고, 다시 자연스레 꼬이면서 붙이기도 하는 식으로 화학 기술을 사용해 조작할 수 있다는 뜻이다.

과학자들은 원래 짝이 맞는 두 가닥의 DNA 말고, 아무 상관없는 다른 생물의 DNA를 어지럽게 섞은 뒤, 붙어서 꼬이라고 놔두면 어떻게 되는지 실험해 보았다. 요행으로 짝이 되는 DNA끼리 만나면 다시 잘 맞물리며 튼튼하게 원래의 꽈배기 모양으로 꼬일 것이고, 만약 전혀 짝이 되지 않는 엉뚱한 생물의 DNA끼리 만난다면 잘 맞물리지 않고 튼튼하게 꼬여 붙지도 않을 것이다. 그런데 만약 어중간하게 비슷한 DNA와 만나면 어떻게 될까? 어느 정도는 맞물리며 달라붙겠지만 튼튼하지는 못할 것이다. 힘을 주면 금방 다시 떨어져 나오며 풀릴지 모른다.

과학자들은 자이언트 판다의 DNA 두 가닥이 꼬여있는 것을 풀어놓고, 레서판다의 DNA 두 가닥이 꼬여있는 것을 푼 뒤, 다 같이 섞어보는 실험을 했다. 서로 다른 곳에서 온 DNA들끼리 얼마나 튼튼하게 달라붙어 꼬이는지를 보려고 한 것이다.

만약 둘이 아주 튼튼하게 달라붙고 잘 꼬인 형태가 되어 풀리지 않으면, 그것은 자이언트 판다의 DNA와 레서판다의 DNA가 크게 다르지 않고 마치 같은 생물 DNA처럼 굉장히 비슷하다는 뜻이 된다. 반대로 별로 달라붙지 않고 그냥 따로 놀며 풀려 나온다면 자이언트 판다와 레서판다의 DNA는 아주 많이 다르다는 뜻이다. 즉 별 관계 없는 다른 생물의 DNA로 볼 만하다. 이런 실험을 DNA 혼성 실험이라고 부른다.

아류도 주류가 될 수 있다

세월이 흐르는 동안 잘 살다 보면

자이언트 판다와 레서판다, 불곰의 DNA 실험 결과는 어떻게 나왔을까? 오브라이언 연구팀은 자이언트 판다와 레서판다의 DNA를 풀어서 서로 섞어보는 실험을 하고, 자이언트 판다와 불곰의 DNA를 풀어서 서로 섞는 실험도 했다. 둘 다 어느 정도는 붙어서 꼬였다. 그런데 살살 열을 가하며 끓이려고 했더니 자이언트 판다와 레서판다의 DNA가 꼬여 붙은 것이 금방 먼저 풀려버렸다. 자이언트 판다와 불곰의 DNA가 꼬여 붙은 것은 더 나중에 풀렸다. 이 말은 자이언트 판다와 불곰의 DNA가 더 찰싹 강하게 달라붙으며 꼬였다는 뜻이다. 더 짝이 잘 맞았다는 말이다. 다시 말해, 자이언트 판다와 불곰의 DNA가 더 비슷하며, 나아가 두 동물이 더 가까운 관계에 있다는 이야기다. 그렇게 해서 참으로 오랜만에 자이언트 판다는 레서판다와는 별 상관이 없고, 곰의 일종으로 분류하는 것이 맞다는결과가 나왔다. 자이언트 판다의 조상은 곰의 조상 동물과 같은 뿌리에서 진화해 지금과 같은 모습이 되었다는 결론을 내릴 수 있다.

자이언트 판다와 레서판다가 비슷한 것은 서로 비슷한 환경에

자이언트 판다와는 다르게 털이 길고 풍성한 꼬리를 가진 레서판다

서 살다 보니 우연히 비슷한 모습으로 진화한 것뿐이었다. 이런 현상을 '수렴 진화'라고 부른다. 상어와 고래는 별로 가까운 관계에 있는 동물이 아닌데, 둘 다 물속에 살다 보니 지느러미 모양이 비슷해진 것과 같은 현상이다.

그러고 보니 '판다' 이름에 얽힌 사연이 참 재미있게 흘러간 것이 요즘은 자이언트 판다의 인기가 훨씬 더 많아져 사람들 사이에서 그냥 판다라고 하면 다들 자이언트 판다를 먼저 떠올리는 세상이 되어버린 점이다. 영화 제목인 〈쿵푸 판다〉라는 말을 듣고, 너구리처럼 생긴 레서판다가 무술을 하는 영화를 떠올리는 사람은 없다. 굳이 '쿵푸 자이언트 판다'라고 구분해서 말하지도 않는다. 오히려 판다라고 하면 다들 자이언트 판다를 생각하니까, 도리어 원래 이름이 그냥 판다였던 기준이 되던 동물을 '더 작은 판다'라는 뜻인 레서판다라고 부르게 되었다. 심지어 연구 결과, 지금 판다라는 이름의 대표를 꿰찬 자이언트 판다는 원래의 판다인 레서판다와 별 상관도 없다는 사실이 밝혀져서 그 동물을 자이언트 판다라고 부를 이유조차도 없어졌는데도 말이다. 그냥 판다라고 말하면 자동으로 자이언트 판다라는 뜻이 되어 이름의 뿌리조차 자이언트 판다가 슬쩍 가져오게 된 셈이다.

판다, 레서판다, 너구리, 아메리카너구리, 오소리 등은 보고 있으면 모두 재미난 동물들이다. 사람들이 그 동물들을 부르는 이름과 그 유래에 얽힌 사연을 살펴보면, 판다의 이름에서도 판다 정신이라고 할 만한 어떤 생각이 문득 든다. 판다는 처음부터 자기만의 이름을 제대로 얻지 못하고 레서판다와 비슷한 아류 동물이라는 의미로 '자이언트 판다'라고 불리던 동물이었다. 그렇지만 이제 당당히 판다라는 이름의 대표가 되었다. 남보다 낮은 대접을 받았다고 크게 좌절할 필요 없고, 주류 세력에 비해 곁가지 취급당했다고 너무 기분 나빠할 것도 없다. 세월이 흐르는 동안 조금씩 그냥 잘 살다 보면, 결국 점점 처지가 달라질 것이다. 언젠가는 완전히 상황이 뒤집혀 '판다'처럼 내가 기준이 되는 시절이 온다. 게다가, 자이언트 판다라는 이름으로 불리던 시절이라도 판다가 딱히 그 정도의 문제를 신경 썼을 것 같지도 않다.

판다 Q&A

Q. 푸바오보다 더 유명한 곰 캐릭터는?

A. 역사상 모든 곰 중에서 가장 큰 인기를 얻은 곰 캐릭터라면 1980년 모스크바 올림픽에서 마스코트로 선정된 미샤라는 곰을 꼽아볼 만하다. 마치 한국 사람들이 호랑이를 한국이라는 나라의 상징으로 여기듯이, 러시아에서는 예로부터 불곰을 나라의 상징처럼 생각하는 문화가 있었는데, 이에 따라 1980년 올림픽 마스코트를 귀여운 곰 모양으로 만들고 미샤라는 이름을 붙인 것이다. 올림픽이라는 행사를 성공시키기 위해 그 시절, 세계의 초강대국이었던 소련 당국이 국가적으로 올림픽 관련 활동 전반을 지원했기에 미샤의 인기도 대단히 높았다. 그러나 당시 소련의 아프가니스탄 침공에 항의하기 위해 미국과 한국 등 상당수 자본주의 진영 국가들은 모스크바 올림픽에 불참했기에 한국에는 생각보다는 미샤가 덜 알려진 편이다. 그래도 미샤와 관련된 몇 가지 영상이나 제품이 한국에서조차 유통되었을 정도로 미샤는 인기가 많았다.

Q. 애니메이션 〈쿵푸 팬더〉는 왜 '팬더'일까?

A. 십수 년 전까지만 해도 미국 사람들이 영어로 판다라는 말을 발음하는 것과 비슷하게 표기한 '팬더'라는 한글 표기를 사용하는 일이 많았다. 그래서 2008년에 나온 영화인 〈쿵푸 팬더〉에서도 '팬더'라는 표기를 사용했다. 〈쿵푸 팬더〉는 중국 무술을 중심 소재로 삼고 있고 중국 전통문화에서 다른 많은 소재를 가져온 영화이기는 하지만 미국

에서 제작된 애니메이션이다. 그 시절, 미국 영화사들이 제작한 3D 컴퓨터 그래픽 애니메이션들이 줄줄이 흥행하고 있었으므로 미국 영화라는 느낌을 내는 것이 홍보에도 도움이 되었을 것이므로 미국 발음이 떠오르는 '팬더'라는 표기를 더 선호했다는 것도 이유이지 않을까.

산속에 사는 연구원이든, 동물원에서 판다를 쳐다보는 관람객이든,
모두 판다 앞에 있다가도 결국 시간이 지나면 걸음을 돌려야 한다.
고민이 많아지고 생각이 복잡해질 수밖에 없는 사람의 세상 속으로
다시 돌아간다. 그때 판다에게 받은 응원만큼 용기 내어 자연과 환경,
그리고 내 삶에 대해 좀더 자주, 많이 생각할 수도 있을 것이다.

PART 7

판다는 살아남는다

나의 매력에
너무 깊이 빠지지는 마.
'나도 판다처럼 복잡한 고민도,
별 심각한 일도 없으면 좋겠다'는
그 마음을 갖고 살길 바라.
그것만으로도 충분해.

걷고 있는 판다
세계자연기금의 상징

우리는 왜 판다를 보존하려고 애써야 할까? 사실 이 질문을 깊이 고민하지 않아도 판다를 위한 지원을 받는 것은 별로 어렵지 않다. 판다처럼 강한 호감을 주는 동물은 길게 설명하지 않아도 많은 사람이 보존해야 한다는 데 공감하기 때문이다. 사람이 어떤 동물을 보고 멋지다고 생각하면, 나아가 귀엽다고 느끼면, 이 동물을 보호하려는 거의 본능에 가까운 사람의 마음을 이끌어낼 수 있다. 판다를 보호해야만 하는 특별한 이유나 가치를 따져보지 않아도 판다 보호 사업은 충분히 추진될 수 있다.

나는 일이 이런 식으로 진행돼도 크게 나쁠 게 없다고 본다. 힘없고 내게 해를 끼치지 않는 동물에게 가여운 느낌을 받았을 때, 돕고 싶은 마음이 드는 것은 사람이라는 종족이 지금처럼 번성할 수 있는 가장 중요한 습성이다. 세상에는 약한 자를 보면 옳다구나 싶어 공격해 털어먹으려는 사람도 있기는 있다. 하지만 그보다 더 많은 사람이 위험에 처하거나 약한 사람을 보면 도와주고 싶어 한다.

이 습성 덕분에 사람의 사회는 굳건해졌고, 더 많은 사람이 살아남을 수 있었다. 서로 고마워하고 믿으면서 큰일을 해낼 수 있었다. 구체적인 이유를 설명할 수는 없지만 왠지 동물을 돕고 싶은 감정은 이런 뿌리 깊은 마음에 연결되어 있는 당연한 일이다. 그러니 판다를 돕는 이유를 별달리 설명할 필요조차 없다.

이런 생각이 좀더 발전하면 다른 동물을 돕기 위해 투자하는 이유로 활용될 수도 있다. 가장 대표적으로는 세계자연기금(WWF)을 상징하는 그림과 로고를 예로 들 수 있다. 아마 프로레슬링의 옛 인기를 기억하는 사람이라면, 미국의 유명한 프로레슬링 단체의 약자가 WWF였다는 사실이 생각날 것이다. 1990년대 초, 한국에서 처음으로 외국 프로레슬링이 유행했다. WWF의 프로레슬링 경기가 한국에서도 큰 인기를 끌어서 경기 장면을 녹화한 VHS 비디오테이프가 유통되기도 했다. 프로레슬링 비디오 게임이 유행했고, 프로레슬링을 소재로 한 만화와 책도 여러 권 나왔다.

그런데 어느날 WWF는 단체 이름을 낯선 약자인 WWE로 바꾸었다. 프로레슬링 단체보다 앞서서 WWF라는 세 글자를 단체 이름의 약자로 사용하던 세계자연기금이 프로레슬링 단체 쪽에 항의했기 때문이다. 세계적으로 연예, 문화, 스포츠 사업에서 흥행한, 거대 프로레슬링 단체와 겨루어 이길 정도로 세계자연기금은 힘이 셌을까? 그만큼 자금이 풍부했을까? 그렇지는 않았을 것이다. 그러나 적어도 이름 논쟁에서 승리할 수 있을 정도의 전통과 실력, 영향력은 갖추고 있었다. 세계자연기금은 여러 활동을 통해 다양한 정부 기관, 기업, 대규모 단체와 협력한 역사를 갖고 있었기 때문이다.

세계자연기금은 1961년에 창립되었다. 단체가 창립될 때, 세계자연기금을 상징하는 브랜드를 무슨 모양으로 정할지 여러 사람이 고민했다. 세계의 많은 사람에게 강한 인상과 긍정적인 느낌을 동시에 줄 수 있어야 하기 때문이다. 여기에는 단체 창립에 관여한 인물 중 한 명인 영국인 피터 스콧의 의견이 반영되었는데, 스콧은 당시 영국 런던의 동물원에 살고 있던 '치치'라는 판다의 모습을 활용하자고 안을 냈다.

누구나 판다가 희귀한 동물이라는 것을 알고 있다. 희귀하다면 그만큼 사라지기 쉽다는 의미다. 걷고 있는 판다 그림을 세계자연기금의 상징으로 삼으면, 판다처럼 사라질 위기에 있는 동물을 위해 노력하는 단체의 이미지를 그림 한 장으로 간단히 보여줄 수 있다. 판다는 사람들에게 사랑받는 동물이니까 단체의 상징으로 삼기에는 더욱 좋다.

판다는 육식성이 아니라서 언뜻 보면 다른 동물과 싸웠을 때 쉽게 이길 수 없어 보인다. 또 끊임없이 대나무를 먹지 않으면 힘이 빠져버리는 동물이다. 게다가 판다가 짝짓기로 임신할 수 있는 기간은 1년 365일 중에 고작 2~3일 정도뿐이다. 더욱이 판다는 토끼처럼 새끼를 자주, 많이 낳는 동물도 아니다. 이런 조건 또한 판다가 혼자 힘으로 살아남기 힘들어 보인다는 생각을 굳어지게 만든다. 그러니 사람이 도움을 줘야 할 것 같은 느낌을 불러일으키기 좋다.

WWF의 상징 그림에서 걷고 있는 판다의 모습을 보면 두 가지 생각이 떠오른다. 판다가 우리에게 다가오는 것처럼 느껴지는데, 한편으로는 여차하면 영영 찾아볼 수 없는 곳으로 판다가 몸을 돌려 떠나가는 모습도 상상하게 된다. 그래서 이런 좋은 동물이 우리 곁에 계속 머물도록 돕고 싶다는 마음을 불러 일으킨다. 심지어 판다의 모습은 검은색과 흰색이라서 간단히 흑백으로 표현하기도 좋다는 장점까지 갖고 있다. 인쇄하거나 간판에 그려 넣기에 편리하다.

WWF를 나타내는 판다 그림은 많은 사람에게 다른 야생동물과 식물도 보존하자는 이야기를 전하는 단초가 되기도 한다. 판다를 보호하고 싶은 마음은 누구나 쉽게 느낄 수 있다. 여기서 한발 더 나아가 보자. 판다와 비슷한 처지에 있는 다른 동·식물도 마찬가지로 보호해야 하지 않을까? WWF는 판다 같이 위기에 빠진 다른 동·식물의 사연을 더 들려주면서, 우리 사업에 지원해 달라고 이야기를 이어갈 수 있다.

한국에는 다른 나라 강에는 살지 않는 '꼬치동자개'라고 하는 작은 물고기가 살고 있다. 사람들은 대체로 이 이름을 들어본 적이 없고, 모습도 모른다. 그래서 꼬치동자개를 보존할 돈을 투자해 달라

세계자연기금 로고에
아이디어를 제안한
피터 스콧(왼쪽에서 두 번째)과
모델이 된 판다 치치

세계자연기금 로고

고 말하기가 쉽지 않다. 하지만 판다를 보호하기 위해 자금을 모으면서 그중 일부를 판다와 비슷한 위기에 처한 한국의 꼬치동자개에게도 쓰겠다는 말은 쉽게 꺼낼 수 있다. 이 방법은 "꼬치동자개라는 물고기가 있는데…"라면서 아주 생소한 생물에 관한 말을 꺼내 따로 설득하는 것보다 낫다. 더 쉽게 꼬치동자개 보존을 위한 돈을 마련할 수 있다. 실제로 WWF의 전체 사업을 살펴보면 판다 보호는 작은 부분으로 보일 정도로 많은 야생 생물을 지키기 위해 폭넓은 사업들이 벌어지고 있다. 다시 말해, 한번 보면 바로 이해할 수 있고 마음에 와닿는 판다 모양의 로고 덕분에 WWF는 지금 같이 힘을 얻을 수 있었다. WWF가 유지되는 데는 많은 이유가 있겠지만, 판다의 힘도 무시할 수 없다는 말이다. 그렇게 생각해 보면, 판다는 프로레슬링 선수 무리보다도 더 강하다.

공존의 이유

예산의 얼마를 판다에게 써야 옳을까

판다는 사람들이 호감 갖는 동물이라 굳이 이유를 대지 않아도 보존을 위한 후원을 받을 수 있다. 그렇다면 그 이유를 더 이상 따질 필요가 없을까? 그렇지는 않다. '우리가 왜 판다를 보존해야 하는가'의 문제는 여전히 더 많이 고민해 답을 찾아볼 가치가 있다. 특히 판다 보존 사업을 공공사업, 국가의 지원을 통해 진행한다면 이 문제의 답은 꼭 필요하다. 야생 생물을 보호하려면 국가가 나서서 판다를 사냥하거나 거래하는 행위를 범죄로 규정해 단속하고, 판다가 사는 지역을 파괴하지 못하도록 법령을 만들어야 한다. 또한 관련 법률을 집행하고 불법을 단속하는 인력 역시 나라에서 확보해야 한다. 그렇다면 국가는 판다를 보호하는 데 얼마나 많은 사람과 돈을 쓸지 매년 명확한 숫자로 정해야 한다.

이러한 문제에 대한 답을 얻으려면 판다 보존의 이유도 정확히 짚어보아야 한다. 판다를 보호해야 한다는 주장에 모두 공감하더라도 판다 문제가 세상에서 가장 중요한 것은 아니기 때문이다. 판다를 위해 나라를 지키는 군대를 해체하고, 소방서나 학교를 없애 남긴 돈으로 자연을 보호할 수는 없으니 말이다. 이렇게 하자고 하면 아마 많은 사람이 반대할 것이다. 그렇다면 과연 국가는 예산의 얼마를 판다에게 사용해야 옳을까?

판다 보호에 쓰는 돈을 가난한 사람을 돕는 데 사용할 수 있다. 많은 사람을 고생하게 하는 병을 치료하는 연구 비용으로 쓸 수도 있다. 예를 들어, 새로운 관절염 치료제를 개발하려면 100억 원의 투자 비용이 든다고 하자. 이 치료제가 개발되면 관절염 노인 환자

100만 명의 통증이 훨씬 줄어든다. 그런데 만약 이 돈을 그런 데 쓰지 말고 판다를 보호하는 데 사용하자고 주장하려면, 적어도 온 나라 사람들을 향해 관절염보다는 판다가 중요하다고 설득할 만한 무슨 설명이 있어야 한다. 야생 생물을 보호하는 데는 "생명이니까 당연히 지켜야지"라고 말하는 것 외에도 이익 계산이나 가치 평가가 필요할 수밖에 없다. "이 정도로 가치 있는 일이니까 판다에 먼저 투자해야 한다"라는 말 뒤에는 그것을 뒷받침해 줄 조사 자료가 필요하다는 말이다.

판다의 경우 이런 이유를 비교적 쉽게 계산해 낼 수 있는 편이다. 당장 중국 정부는 판다로 많은 관광객을 끌어들일 수 있고, 수많은 동물원은 수익을 늘릴 수 있다. 중국은 2008년 베이징올림픽과 2022년 베이징 동계올림픽 마스코트로 판다를 활용했다. 판다 같은 인기 있는 동물을 스포츠 행사의 상징으로 삼을 수 있는 나라가 세상에 몇 나라나 되겠는가? 이런 경제적 가치, 당장 돈을 벌 수 있는 기회 등은 동물 보호의 근거를 꼽을 때 우선 쉽게 포함시킬 수 있다.

여기서 좀더 나아가 야생 생물 보호의 밑바탕에 깔린 생물다양성 보존의 가치도 자주 언급되는 이유다. 나는 생물다양성 보존이 판다뿐만 아니라 다양한 야생 생물 보호의 이유를 따질 때 꼭 주목해야 할 중요한 가치라고 생각한다. 다양한 생물이 생태계에서 개성을 지닌 채 살아가도록 하는 것은 그 생물을 관찰하면서 다양한 지식과 자원을 얻을 수 있다는 점에서부터 우선 큰 이익이 된다.

다양한 자연은 곧 귀중한 자원이다. 아스피린 성분을 버드나무 성분으로부터 발견하고, 돼지 몸에서 나온 인슐린을 당뇨병 약으로 사용하는 것처럼 자연에는 온갖 약초가 되는 생물이 퍼져있다. 얼핏 보기엔 별 약이 안 될 것 같은 하찮은 생물이 나중에 엄청나게 큰 가치가 있는 성분을 품은 것으로 밝혀지는 경우도 많다.

푸른곰팡이에서 뽑아낸 페니실린은 항생제가 되어 헤아릴 수 없이 많은 사람의 목숨을 구했다. 푸른곰팡이는 페니실린 이전과 이후를 완전히 다른 세상으로 만들었다. 스트렙토미세스라는 세균에서 뽑아낸 스트렙토마이신이라는 성분은 긴 세월 앓으면 목숨까지 잃게 되는 대표적인 불치병, 결핵의 치료제가 되었다. 꼭 약재가 아니더라도 지금 우리가 먹는 수많은 농작물 역시 따지고 보면 원래는 야생 생물이다. 그중에 유용한 것을 골라 기르면서 농작물이 된 것이다.

한국의 경우, 조선시대에 들어와 원래 야생에서만 발견되던 인삼이나 김 같은 생물을 사람의 손으로 길러내는 데 성공했다. 이 두 생물을 한국의 특산품으로 생산하여 막대한 수익을 낸 생생한 역사가 있다. 현대에 들어서도, 전복이나 광어처럼 원래는 야생 생물이었던 것을 양식하는 데 성공해 큰 이익을 누린 사례가 있다. 이처럼 여러 생물이 사라지지 않고 풍부하고 다양하게 공존해 가도록 유지하는 일은 미래에 그중 몇몇을 이용해 기술을 발전시키고, 산업을 키우는 데 매우 중요하다.

생물다양성이 무너지면

바이러스 감염병의 공포

생물다양성은 돈을 벌 수 있는 자원으로서의 가치뿐만 아니라, 생태계를 튼튼하게 유지해 나가는 데도 중요하다. 다양한 생물들은 생태계에서 서로 돕고 서로의 부족한 부분을 메우며, 또한 먹고 먹히면서 긴밀한 역할을 맡고 있다. 그 때문에 생물 하나가 갑자기 사라지면 생태계 전체가 크게 변화해 버리는 일이 종종 발생한다. 그런 일이 발생하면 사람이 받는 피해의 규모 역시 막대하다. 만약 다양한 생물로 가득하던 호수가 어느 날부터 점점 썩어 세균만 가득한 물웅덩이로 변한다든가, 꽃과 풀이 우거졌던 들판이 황무지로 변해 버린다면 사람의 생활도 괴로워질 수밖에 없다.

생물다양성이 무너지면서 생긴 충격은 사람에게 간접적으로 피해를 주기도 한다. 기후변화로 인한 생태계 파괴 문제는 다람쥐나

청설모 같은 작은 동물에 영향을 미친다. 이들이 한 지역에서 갑자기 사라졌다고 가정해 보자. 그러면 지난 수천 년, 수만 년 동안 그 지역에서 그 동물을 사냥하면서 살아온 새나 박쥐는 다른 지역으로 이동할 수밖에 없다. 새와 박쥐가 새롭게 자리를 잡은 곳에 살던 사람들은 지난 천년, 혹은 만년 사이에 만나본 적이 없는 다른 지역에서 온 새, 박쥐와 처음 마주치는 일이 발생하는 것이다.

그런데 그 새와 박쥐의 몸속에는 이상한 바이러스가 숨어 있을지도 모른다. 예를 들면 새나 박쥐에게는 별 해가 되지 않지만, 사람에게는 굉장한 문제를 일으키는 바이러스 말이다. 처음 만나 보는 동물에서 건너온 바이러스이기 때문에 사람은 그에 대해 대비하지 못했을 것이다. 그렇다면 피해는 굉장히 심각할 수 있다. 아시아에 큰 피해를 준 사스(SARS) 같은 바이러스성 감염병이나, 2020년대 초 전 세계에 막대한 피해를 입힌 코로나19 같은 병이 확산되는 과정에서 이렇게 사람과 동물이 접촉하다가 낯선 바이러스가 퍼져 나왔을 거라는 추측은 널리 알려져 있다.

이런 간접적인 피해의 예시는 얼마든지 더 생각해 볼 수 있다. 송충이가 생기는 것이 싫어서 송충이를 모조리 잡아 죽였더니 송충이를 먹고사는 새들이 굶주려 죽어버렸고, 새들이 송충이만 먹는 것이 아니라 모기도 잡아먹고 살았기 때문에 새들이 사라지니까 모기떼들이 어마어마한 숫자로 퍼져버리더라는 식의 사건도 세계 각지에서 벌어진다. 송충이를 잡아 죽였더니 뜬금없이 모기떼들이 마을을 공격해 온다는 이야기가 엉뚱하게 들릴 수도 있지만, 생태계의 파괴가 예상외의 영향을 미치는 사례는 얼마든지 있다.

자연의 도미노 효과

천년 신라가 망한 까닭

한국사에서 한 국가의 멸망이 생태계 파괴와 밀접한 관련이 있었다고 주장하는 학자도 있다. 경북대학교의 황상일 교수는 아주 오래전 땅에 떨어진 꽃가루를 분석한 연구 결과를 유심히 살펴보았다. 꽃가루는 잘만 쌓이면 오랜 세월이 지나도 그 모양이 그대로 남는다. 현미경으로 확대해 살펴보면 어느 식물에서 떨어진 꽃가루인지도 추측할 수 있다. 경상북도 경주 주변의 꽃가루를 이런 방식으로 살펴봤더니 선사시대에 날려서 묻힌 꽃가루는 주로 목본식물 그러니까 나무에서 떨어진 꽃가루가 많았다고 한다. 반면 삼국시대 이후로는 점차 풀에서 떨어진 꽃가루가 많아졌다고 한다. 나무 중에서만 살펴보면 참나무 계통의 나무가 점점 줄어들고 소나무 계통의 나무가 점점 늘어났다. 황상일 교수는 이를 통해 다음과 같은 내용을 추측했다. 신라는 발전하면서 나무를 많이 베어서 써버렸다. 그 때문에 산에 나무가 줄어들었고, 나무 중에서도 특히 잘라서 쓰기 좋은 참나무가 많이 줄어들었다. 그렇다 보니 척박한 땅에서 잘 자라는 소나무와 풀들이 그나마 살아남았다는 것이다.

《삼국유사》를 보면 신라의 임금이었던 헌강왕이 경주 시가지를 내려다보는 장면이 나온다. 온 도시에 항상 노랫소리가 들리고 초가집은 한 채도 없으며 온통 기와집만 가득한 화려한 풍경이다. 헌강왕은 수많은 집 중에 밥 짓는 연기가 올라오는 집이 없음을 이상하게 여겨 신하들에게 이유를 물었다. 그러자 한 신하가 "요즘 우리나라에서는 사람들이 나무 장작을 쓰지 않고, 고급 연료인 숯만 사용하기 때문에 연기가 거의 보이지 않습니다"라고 대답했다고 한다. 그만큼 경주 사람들이 사치스럽게 살았다는 의미의 전설 같은 이야기다. 그런데 황상일 교수의 주장에 맞춰 살펴보면 막대한 양의 나무를 잘라 숯으로 만들 만큼 신라 사람들이 나무를 빠르게 없애버렸다고 추정해 볼 수 있다. 경주 주변의 참나무들이 갑자기 사라져버렸다면 결국 자연도 그만큼 황폐해졌을 것이다. 민둥산이 늘어났을 것이고, 숲에 사는 온갖 곤충, 새, 짐승 들도 사라지거나 이동하면서 여러 문제를 일으켰을 것이다. 민둥산은 비가 오면 무너지기 쉬워서 산사태도 빈번했을 것이다. 산사태 때 내려온 흙더미가 물이 흐르는 길을 막아 엉뚱한 곳으로 물이 흘러드는 홍수 피해도 심했을지 모른다.

황상일 교수는 나무가 많은 땅이 지하수를 잘 품을 수 있다는 점 또한 강조한다. 반대로 이야기하면 경주 주변의 나무가 사라지면 결국 경주 사람들이 사용할 물이 부족해진다는 말이다. 우물이 마르고 가뭄 피해가 극심해지면 사람들이 살기 어렵다. 황 교수의 주장에 따르면, 나무가 사라졌기 때문에 자연재해가 심해졌고, 신라 말기에는 도저히 살 수 없게 된 많은 사람이 도적이 되거나 반란을 일으켰을 가능성이 충분하다고 한다. 신라 말기, 참나무 숲이 사라지던 시기에 마치 현대의 판다처럼 위기에 빠진 신라의 생물도 있었을 테고, 어떤 생물은 끝내 멸종을 맞았을 것이다. 그렇다면 판다가 멸종되는 것 같은 생물다양성이 무너지는 사건이 신라에서 벌어졌고, 그 때문에 후삼국시대의 혼란이 시작되어 천년의 역사를 이어 온 신라가 멸망하게 된 셈이다.

판다의 우산 아래서

판다 보호 사업의 의미

생물다양성을 지키기 위해 곰을 보호하자고 주장하는 사람들은 곰이 우산종(umbrella species)이 될 수 있다는 점을 강조한다. 생물 보전에 중요한 역할을 하는 것으로 인정받은 종이 우산종이다. 우산종을 지키면 마치 그 동물이 우산을 씌워주는 것처럼 우산 밑의 여러 동식물도 보호받을 수 있다. 우산종에 해당하는 동물을 보호하기 위해 노력하다 보면 자연스럽게 다른 여러 종도 잘 살 수 있게 된다는 말로 받아들여도 좋다.

보통 넓은 지역에서 생활하고 복합적인 조건 속에서 살아가는 동물이 우산종 역할을 할 수 있다고 이야기한다. 곰이 과연 얼마나 훌륭하게 우산종 역할을 할 것인가에 대해 의견이 다른 사람들도 있다. 그러나 넓은 지역에 살면서 다양한 먹이를 먹고 사는 곰을 잘 살게 하려면 그만큼 생태계를 열심히 지켜야 할 거라는 정도는 충분히 생각할 수 있다.

만약 판다가 경주의 참나무 숲에 살던 동물이라고 상상해 보자. 헌강왕이 판다를 매우 좋아해서 어떻게든 판다가 잘 살도록 보호하라고 명했다면 자연스럽게 참나무 숲도 보호받았을 것이다. 숲은 무성했을 테고, 민둥산은 생기지 않았을 것이다. 홍수나 가뭄의 피해도 적을 테니 도적 떼 역시 생겨나지 않았을 것이다. 그렇게 되면 후삼국시대도 시작되지 않았을 것이다. 신라 임금님은 판다를 지키려고 했을 뿐이지만, 결국 멸망을 피할 수도 있지 않았을까?

앞에서 말한 다양한 이야기들이 모두 판다를 지키기 위한 근거가 되었다. 중국 정부는 1960년대부터 판다를 보호하기 위해 여러 가지 투자를 진행했고, 그 투자는 지금도 이어지고 있다. 크게 두 가지 방향의 투자가 있었다. 우선 판다라는 동물이 완전히 사라질 때를 대비하여, 동물원에서 판다를 기르고 새끼 판다가 계속 태어나 판다 숫자를 불리는 계획이다. 중국에는 이미 야생에서 완전히 사라진 사불상 같은 동물을 사람이 기르면서 긴 세월 계속 유지하다가 그 숫자를 크게 불린 역사가 있다. 그러므로 판다 숫자가 0마리가 되기 전에 사람의 손으로 어느 정도 판다 숫자를 확보하는 방법은 쉽게 지지를 얻었던 것 같다.

또 다른 방향의 판다 보호 사업은 야생에서 사는 판다들이 잘 살게 돕기 위해 투자하는 일이다. 1960년대에 이미 판다 보호 구역 네 곳을 만들었고, 그 지역 안에서 판다에게 해가 될 수 있는 일은 최대한 막도록 정부에서 관리했다. 이 사업은 계속해서 발전하여, 2010년대 중반에는 판다 보호 구역이 60군데 이상으로 늘었다. 판다 보호 구역의 총넓이는 1만 4000㎢에 달한다. 서울 전체 면적의

20배가 넘는 어마어마한 넓이다. 동물 한 종을 위해서 이 정도의 넓은 공간을 투자하는 사례는 전 세계에서도 드물다. 판다와 판다 주변의 생태계를 지키기 위해 중국 정부가 긴 시간 지속한 투자 수준은 과감하다고 평가할 만하다. 그 덕분에 판다 보존은 성공적으로 이루어지고 있다.

세계자연보전연맹(IUCN)은 2016년 9월 미국 하와이에서 열린 회의를 통해 판다 관리 등급을 '위기(Endangered)'에서 '취약종(Vunerable)'으로 낮추었다. 지난 세월 동안 판다의 숫자가 꾸준히 늘어 지금은 1800마리 이상으로 추정된다. 1800마리라면 단기간 내에 쉽게 멸종하지는 않겠다고 판단한 것이다. 이제 IUCN의 기준으로, 판다는 고릴라나 오랑우탄보다도 멸종위기에서 더 멀어졌다. 판다는 옛날 한반도에 많이 살았던 표범인 아무르표범보다도 멸종 위험으로부터 안전해졌다. 이렇게 해서 판다는 살아남았다.

지금도 판다는 WWF의 상징으로 활용되며, 멸종될 것 같은 동물의 대표로 알려져 있다. 지난 몇십 년 동안 정말 멸종되는 것 아닌가 싶어 조마조마한 때도 있었다. 하지만 판다는 그래도 조금씩, 조금씩, 어느 방향으로든 나아가는 방법으로 여기까지 왔다.

1960년대에 WWF가 창립될 때만 해도 상당수의 사람은 판다가 곧 사라질까 봐 안타깝게 여겼고 판다의 미래를 결코 밝게 보지는 않았을 것이다. 그러나 그런 상황에서도 판다는 생존이라는 목표를 버리지 않고, 어떻게든 그 길을 붙잡고 있었다. 그리고 멸종할 거라는 의견이 이어지고 또 이어지는 수십 년 동안 생존을 위해 끊임없이 애썼다.

나는 이것 또한 판다 정신이라고 생각한다. 다른 사람이 망할 것 같다고 말한다고 해서, 내가 먼저 절망하고 스스로 망할 필요는 없다. 더군다나 생존에 관한 문제라면 희망과 절망 사이에서 오래 고민할 필요도 없다. 판다는 하여튼 사는 쪽이다. 그렇게 해서 결국 살아남았다.

울산 태화강의 기적

경제가 발전할수록 자연은 파괴될까?

판다 보호의 과정을 돌아보며 꼭 짚어볼 문제가 있다. 자연환경 보호와 경제 발전·기술 개발의 관계다. 유럽과 미국, 캐나다에서 나온 소설이나 영화를 보면, 경제가 발전할수록 자연은 파괴된다는 생각을 은근히 담고 있는 사례가 자주 눈에 뜨인다. 비슷하게는 기술이 개발되다 보면 사람들은 환경을 파괴할 수밖에 없다는 듯한 분위기를 풍기는 이야기도 꽤 많다. 이런 이야기를 통해 자연을 지키는 일과 경제·기술의 발전은 서로 반대라는 생각을 무심코 가지기 쉽다. "인간이 없어져야 자연이 파괴되지 않는다"라는 말이 나오기도 한다.

그럴 만도 한 것이 역사를 돌아보면 근대에 유럽 각국은 발전된 기술을 내세워 돈을 벌 목적으로 아메리카, 아프리카 대륙의 곳곳을 침략했다. 그 침략 과정에서 자연환경을 막대한 규모로 파괴했다. 그러니 역사에 대한 반성으로 환경과 기술 발전은 서로 상충한다는 주장을 이야기 속에 담을 만하다. 그러나 현실을 찬찬히 살펴보면 환경보호와 경제·기술 발전이 반드시 대립 구도에 있는 것은 아니다. 결코 그렇게 단정할 수는 없다.

판다는 하여튼 사는 쪽이다. 그렇게 해서 결국 살아남았다.

오히려 경제가 발전하고 기술이 개발되면 환경을 더 적극적으로 보호할 기회가 생긴다. 한국을 보면 이런 경향이 극적으로 드러난다. 한국의 숲은 조선 후기에 극심하게 파괴되었다. 전국 각지에 민둥산이 허다했고, 서울 등의 지역에는 숲이 남아나지 않았다고 할 정도로 산에 나무가 부족했다. 이런 상황은 《조선왕조실록》부터, 한국에 찾아온 다른 나라 사람들의 여행기에 이르기까지 다양한 기록에서 확인된다. 조선시대, 사람들은 과학기술과는 상관없이 전통 방식으로 살았지만, 그 삶의 와중에 한국의 숲이 처참하게 파괴되어 버렸다.

세상이 바뀌어 21세기가 되었다. 한국의 숲은 조선 후기보다 훨씬 풍성해졌다. 한국인은 산에 나무가 우거진 모습을 누구나 당연하게 여긴다. 너무나 당연해서 의식조차 잘 못한다. 국토 전체에 나무가 얼마나 많으냐면, 이제 한국은 OECD 국가 중에서는 나무가 풍부한 나라, 상위권에 속할 정도다.

이런 변화는 전 국민이 현대 과학기술을 포기하고 전통 방식으로 되돌아가기로 결심했기 때문에 이루어진 것이 아니다. 반대로 과학기술을 도입하고, 전 국민이 온 힘을 다해 조직적으로 나무를 심고 숲을 보호한 덕분에 가능했다. 그 덕택에 20세기 중반부터 한국의 숲은 늘어나기 시작했다. 현신규 박사를 비롯해 나무를 연구하고 숲 연구를 진행한 많은 과학기술인이 여기에 같이 힘을 기울였다. 나무가 얼마나 많으냐를 평가하는 기준으로 임목 축적량이라는 지표가 있다. 이 수치는 1960년 6400만 ㎥에서 2010년 8억 ㎥로 열두 배 이상 늘어났다. 그 기간 동안 한국의 인구수가 줄어들거나, 한국인들이 경제 발전을 포기하거나, 한국의 과학기술이 퇴보하지는 않았다. 오히려 정반대로 급격한 성장이 있었다.

이런 사례는 곳곳에서 쉽게 찾아볼 수 있다. 한국을 대표하는 공업 도시 울산에는 태화강이 흐르고 있는데, 이 강은 1990년대 초 오염이 심해 많은 문제를 품고 있는 곳으로 유명했다. 그런데 2020년대 태화강은 1급수에 가까운 수질을 자랑하는 대단히 깨끗한 강으로 회복되었다. 규모가 울산 정도 되는 세계의 대도시에는 이런 강이 흔하지 않다. 지난 30년 동안 울산에서 전출 인구가 많았다거나 울산의 경제가 퇴보한 탓에 강이 저절로 깨끗해진 것은 아니다. 오히려 그 반대의 일이 일어났다. 태화강은 울산 시민들이 과학적으로 태화강을 살리기 위해 노력을 기울이고, 새로운 기술로 울산 지역의 공장에서 물을 깨끗하게 하기 위한 설비를 갖추었기 때문에 회복되었다.

나는 판다 보호 또한 비슷한 이야기를 해준다고 생각한다. 판다를 보호하는 과정에는 판다를 연구하기 위한 생물학, 화학 기술의 발전이 큰 역할을 했다. 과학기술의 발전은 항상 우리에게 무슨 자연을 어떻게 보호해야 하는지, 그 방법과 방향을 알려준다. 여기에 더해 중국 경제가 발전하면서 투자가 늘어났고, 판다 보호를 위한 노력이 더욱 넓은 공감을 얻은 것도 중요한 변화였다. 일생에 걸쳐 침팬지 보호를 위해 애쓰면서 과학계 전반에서 존경받고 있는 제인 구달 박사 또한 야생동물 보호를 위해 중요한 것은 야생동물이 사는 지역 주민들의 경제가 발전하여 그들로부터 협조를 얻는 일이라고 강조한 바 있다. 자연을 보호하는 일은 경제 발전과 환경을 보호하는 노력을 서로 연결시킬 때 성공 확률을 높일 수 있다.

반달곰의 우산도 함께

씨그늘을 넓혀주는 반달곰

판다가 생존에 성공하여 사는 곳을 넓혀가는 일이 잘 진행되다 보니, 이제는 그에 대한 비판 의견도 가끔 나온다. 예를 들어 야생 판다를 보존하는 것은 중요한 일이지만, 동물원에서 판다 숫자를 늘리기 위해 큰돈을 투자하는 일은 더 이상 필요 없다는 의견이다. 사람이 좋아하는 판다에 많은 자금이 쏠리면, 다른 동식물 보호에 쓸 자금이 부족하다는 문제를 지적하는 사람도 있다.

2021년 중국 복단대학교의 왕팡 선생과 미국 미시간주 대학교의 류장궈 선생이 주축이 된 연구팀은 판다의 우산종 역할과 관련한 논문을 발표했다. 판다의 우산종 역할을 풀이하자면, 판다를 보호하려고 노력하는 과정에서 판다가 사는 지역의 모든 자연환경을 같이 보호하게 되므로 많은 다른 생물이 같이 보호된다는 내용이다. 그런데 이 논문에는 판다가 우산종 역할을 하는 것이 한계를 보이는 면이 있다는 의견이 실렸다. 판다만 보존하려고 너무 애쓰다 보니, 그 때문에 피해받는 동물들도 있다는 점을 지적한 것이다.

예를 들어 판다를 보호하기 위해 정해 놓은 구역에서 판다의 서식지는 증가한 대신 사향노루나 중국산양 같은 동물의 서식지는 오히려 줄어든 듯하다. 판다는 숲이 우거진 곳에 머물며 사는데, 아무래도 판다와 같이 지내기를 어려워하는 약한 동물들은 판다가 왕성하게 늘어날수록 점점 판다가 없는 곳으로 밀려난 것이다. 결국 이런 동물들은 보호 구역 바깥으로 나가게 된다. 보호 구역 바깥으로 밀려난 동물들은 살아남기가 힘들다. 그래서 연구팀은 이제는 판다 외에 반달곰 같은 다른 동물도 우산종으로 생각해 같이 보호하려 노력해야 그 한계를 극복할 수 있다고 제안한다.

아닌게 아니라 반달곰은 넓은 지역을 돌아다니며 살고, 생태계의 많은 영역과 관련을 맺는 동물이다. 당연히 우산종 역할을 할 수 있는 동물로 자주 손꼽힌다. 반달곰은 '씨그늘'을 넓혀주는 동물로도 종종 언급된다. 씨그늘(seed shadow)이란 식물의 씨앗이 퍼질 수 있는 범위를 말한다. 만약 민들레 씨앗이 맺힌 다음 그 자리에 그대로 떨어진다고 생각해 보자. 그러면 민들레 씨앗은 원래 민들레가 있던 바로 옆에 싹을 틔우게 된다. 너무 좁은 곳에 민들레가 두 송이나 피어났기 때문에 두 민들레 모두 살아남기에 좋은 조건이 아니다. 또한 이렇게 한 자리에 몰려있으면 그곳에 갑자기 가뭄이나 홍수가 들었을 때 두 민들레가 같이 죽을 수밖에 없다. 모든 민들레가 한 곳에 몰려있다가 전멸해 버리면 생물다양성은 쉽게 파괴되고 만다.

다행히 민들레 씨앗은 바람을 타고 잘 날아갈 수 있는 모양이다. 민들레 씨앗이 바람을 타고 멀리 날아갔다고 생각해 보자. 이렇게 바람 따라 이곳저곳으로 멀리 날아가 퍼질 수 있는 모든 구역을 민들레의 씨그늘이라고 부른다. 만약 민들레 씨앗이 바람을 따라 100m 떨어진 곳까지 날아갔다면, 씨그늘이 100m 떨어진 곳까지 뒤덮고 있다고 말할 수 있는 것이다. 빈 땅에 떨어진 민들레 씨앗은 쑥쑥 잘 자라날 것이다. 또한 원래 있던 자리에 홍수나 가뭄이 들어 민들레가 더는 살 수 없게 되어도 100m 떨어진 다른 자리에서 피어난 민들레는 그 위험을 피해 살아남을 수 있다. 살아남은 민들레가 다시 퍼져서 번성할 수 있으므로 생물다양성은 끈질기게 유지된다.

거의 대나무만을 먹는 판다와 달리 반달곰은 온갖 식물을 먹는다. 특히 갖가지 나무 열매를 잘 따먹는 습성이 있다. 반달곰도 덩치가 판다 이상으로 커지는 동물이기 때문에 따먹는 나무 열매의 양 역시 어마어마하다. 이 나무 열매들은 반달곰을 따라 자연히 이곳저곳으로 퍼져나가게 된다. 반달곰은 활발히 먼 지역을 움직이기도 하므로, 나무 열매가 이동하는 거리 역시 상당히 멀어질 수 있다. 2011년에 나온 한 연구는 반달곰이 먹는 열매 씨앗의 40%를 500m 바깥까지 퍼뜨린다고 추정하기도 했다.

다시 말해 반달곰은 온 산을 쉬지 않고 돌아다니며 멀리까지 나무 씨앗을 배달해 숲을 넓히고, 다양한 나무가 퍼지게 한다. 사람이 숲을 보호하기 위해서 아무리 애를 쓴다 해도 깊은 산속을 종일 돌아다니면서 씨앗 퍼뜨리는 일을 하기는 대단히 어려운데, 반달곰들은 이런 일을 밤낮으로 잘할 수 있다.

판다와 설악산 반달곰

설악산의 반달곰 그림이 슬픈 이유

한국인은 반달곰을 친숙하게 생각한다. 한국의 곰이라고 하면 가장 먼저 떠올릴 곰이고, 동물원이나 자연 다큐멘터리 등을 통해서 자주 접한 곰이기도 하다. 중국인이 판다를 좋아하는 것보다야 덜하겠지만, 문화의 전통을 거슬러 올라가면 한국인과 반달곰의 관계도 무척이나 끈끈한 편이다.

한국인에게 가장 친숙한 신화라고 할 수 있는 단군 이야기를 보면 한반도에 처음 나라를 세운 단군은 다름 아닌 곰(웅녀)의 자식이라고 되어있다. 아닌 게 아니라 국립공원야생생물보전원에서 반달곰의 의의를 설명하는 자료를 보면, "우리 민족과 함께해 온 모신(母

神)적 존재"라는 표현까지 사용하고 있다.

그러나 중국의 판다와 달리 한국의 반달곰 복원 역사는 슬픈 절멸의 사연으로 시작한다. 대중매체가 한국 반달곰에 대해 본격적으로 관심을 기울인 계기부터가 귀여운 판다를 보고 즐거워하는 이야기와는 전혀 다르다. 이야기는 1983년 5월 보도된 설악산에서 총 맞은 반달곰을 발견한 사건으로 시작된다. 사냥꾼이 몰래 쏜 것으로 추측되는 탄환을 맞은 반달곰 한 마리가 괴로워하며 웅크리고 있다는 소식이 여러 언론사를 통해 세상에 알려졌다. 이후 많은 사람이 이 반달곰을 살리기 위해 애썼고, 곰의 상태가 어떻게 변했는지에 대한 소식이 계속 이어졌다.

설악산의 마지막 반달곰으로 알려진 이 곰의 사진은 신문을 통해 널리 알려졌다. 사진 속 모습을 보면 100kg이 넘는 체구의 암컷으로 누가 봐도 당당하고 '곰다운' 모습이었다. 그러면서도 총상으로 쓰러져 있는 모습은 괴로움이 역력해서 많은 사람을 안타깝게 했다.

경찰관과 구조대원 수십 명이 출동해서 힘을 합쳐 곰을 옮겼다. 이후 헬리콥터로 수송할 계획을 앞두고 밤새 모닥불을 피워 곰을 따뜻하게 해줬다. 이렇게 곰을 살리기 위해 애썼지만, 이 곰은 결국 헬리콥터에 오르기도 전에 숨을 거두고 말았다. 한 신문 기사는 이 반달곰의 사망을 알리며 "설악산이 울었다"라는 제목을 달았다.

지금도 설악산 입구 쪽에는 반달곰 모양의 조형물이 설치되어 있는데, 대부분은 1983년 반달곰이 죽은 사건 이후에 만들어진 것이다. 다시 말해 설악산의 반달곰 그림이나 반달곰 조형물의 의미는 쓰촨성이 지역의 상징으로 판다를 내세우는 것과는 전혀 다르다. 반달곰이 살 정도로 좋은 자연을 갖고 있다고 설악산을 자랑하는 의미에서 시작된 것이 아니다. 반대로 이곳에서 결국 반달곰이 없어지고 말았다는 사실을 안타까워하는 의미에 가깝다.

한국의 야생 반달곰 복원 사업

반달곰아, 지리산에서 잘 살아보자

판다와 함께 반달곰을 우산종으로 보호하고 퍼뜨려 나가려면 어떻게 노력해야 할까? 이 문제에 대해 풍부한 정보를 보유한 곳은 전라남도 구례군이다. 왜냐하면 한국의 지리산에서 반달곰 복원 사업을 추진해 온 국립공원공단 국립공원야생생물보전원의 기지가 이곳에 있기 때문이다.

설악산의 마지막 반달곰 사건 이후 남한 지역에서는 사실상 반달곰이 사라졌거나, 있더라도 큰 의미를 둘 수 없는 극소수라는 설이 대세였다. 간혹 곰을 본 것 같다거나 곰의 흔적이 있다는 소식은 전해졌지만, 곰이 어디서 어떻게 살고 있다는 명확한 자료는 거의 발견되지 못했다. 그렇게 이후 약 17년 동안 반달곰은 옛날이야기에나 나오는 동물이 되어버렸다. 이런 상황에서 예산을 들여 야생 곰을 산에서 살게 하여 생물다양성을 높이겠다는 사업은 현실성 있는 계획이라는 평가를 받기가 쉽지 않았다. 판다와 달리 반달곰은 한국에만 사는 독특한 곰도 아니다. 러시아와 중국에 많은 반달곰이 살고 있다. 중국에는 농가에서 사육하는 곰 숫자만 1만 마리를 헤아릴 정도다. 이래서는 반달곰이 소중하다는 여론을 불러일으키기도 쉽지 않았다.

그런데 2000년 들어서 상황이 변했다. 지리산에 설치해 둔 한 방송사 카메라에 반달곰의 어렴풋한 형체가 찍힌 것이다. 나는 이때 반달곰 촬영 작업에 참여했던 카메라 감독님을 우연히 다른 촬영 때 한 번 만났는데, 그분은 그때 반달곰을 촬영한 경험을 자랑스러운 삶의 업적으로 기억하고 계셨다.

지리산 주위에서 곰을 보았다는 목격담이 계속 나오자, 방송사는 정말인지 살펴보기로 했다. 촬영팀은 적당한 위치에 무인 카메라를 달고 촬영을 시작했다. 몇 번이고 지리산을 오르내리며 작업했지만 실패만 거듭했다고 한다. 부질없는 짓은 이제 그만하자고, 결국 슬슬 포기해야 하지 않나 싶었을 때, 무심히 살핀 무인 카메라에 멀리 곰 형체가 살짝 화면에 잡힌 것이 보였다. 그 후 이어진 정부 당국의 조사 결과, 지리산에는 대략 다섯 마리 정도의 반달곰이 살고 있을 거라는 결론이 나왔다. 그 다섯 마리가 남한 전체에서 살아남아 이어지고 있는 최후의 야생 반달곰 생존자들이었다.

국립공원관리공단은 과거 한반도에 살던 반달곰과 같은 종족으로 취급되는 곰을 북한, 러시아 등지에서 구해 야생 적응 훈련을 시킨 뒤 지리산에 풀어놓겠다는 계획을 세웠다. 이 계획은 2000년부터 시험에 들어가 2004년 이후에는 여러 마리의 반달곰이 이런 방식으로 지리산 야생으로 나갔다. 그러나 안타깝게도 초창기 반달곰 복원 사업은 실패를 거듭했다. 세계적으로는 야생 반달곰이 흔하다 해도 막상 한반도 야생에 반달곰을 복원하는 문제는 야생 판다 숫자를 늘리려는 노력과 비교해 보아야 할 만큼 쉽지 않은 일이었다.

일단 자연으로 나간 반달곰이 적응하지 못하고 사망하는 사례가 너무 많았다. 연구원들이 온갖 노력을 다해 기르고, 갖가지 방법으로 야생에서 사는 방법을 훈련해도 막상 산으로 나간 곰들은 고작 며칠 만에 목숨을 잃었다. 사냥꾼이 설치해 둔 올무 따위의 간단한 덫에 걸려 허무하게 죽는 일이 연거푸 발생했다. 곰이 야생에서 사는 대신 등산객의 눈에 띄어 그들이 주는 과자 따위를 먹으며 연명하려고 하는 바람에 다시 회수되기도 했다.

흔히 알고 있는 상식대로 반달곰은 꿀을 좋아하는데 사람이 양봉하는 곳에 곰이 나타나 꿀을 빨아 먹는 일도 자주 발생했다. 한 일간지 보도에 따르면 2005년에서 2013년 사이 8년 동안 곰이 꿀을 먹어 버려 농가에서 피해를 본 횟수가 300건이 넘었다고 한다. 한 해에 거의 40건 가까운 '반달곰 꿀도둑 사건'이 발생했다는 이야기다. 이런 사건은 꿀이 아까워서 문제가 되기도 하지만, 반달곰이 산속에서 살아가려고 하지 않고, 민가 근처를 돌아다닌다는 점에서 더욱 심각한 문제가 된다. 곰이 산에서 살지 않으면 반달곰을 우산종으로 키워 자연을 보호한다는 계획이 바닥부터 완전히 무너져 버리기 때문이다. 사업이 아무 쓸데없는 일이 되어버린다는 뜻이다. 무엇보다도 이런 일이 많이 벌어지면 반달곰 때문에 사람의 안전이 위협받을 수도 있다.

반달곰 복원 사업 시행 몇 년 동안 국립공원야생생물보전원은 여러 이유로 고생이 많았다. 사업 전체가 허무한 실패이며, 그 과정에서 과연 무엇을 얻었느냐고 비난만 받을 가능성도 있었다. 그러나 그 와중에도 반달곰은 끈질긴 생명력으로 지리산에서 살아갈 방법을 찾고 있었다.

1800과 80

동물원에서 판다를 보고 집으로 온 뒤

국립공원야생생물보전원에서도 사업을 성공시키기 위한 다양하고 새로운 방안을 시도했다. 예를 들어 2006년부터는 반달곰에게 이름을 붙여주는 일을 중단하고, 기호와 숫자로만 반달곰을 표시하자고 결정했다. 반달곰이 사람과 친숙한 관계를 맺는 일을 최대한 차단하자는 목적이었다. 그전까지 '만복이'라 불리며 사람들에게 사랑받던 반달곰은 이제 RM-02라는 관리번호로만 불렸다.

나는 이 사실이 동물을 사랑하는 마음과 자연보호가 얼마나 묘한 관계를 갖는지 좀더 깊이 돌아볼 수 있는 경험이라고 생각한다. 동물을 아끼는 마음은 자연보호에 분명히 중요하다. 또한 동물로부터 그런 마음을 느끼는 것이 사람에게 감성적으로 무시할 수 없는 중요한 기능을 갖는 것도 사실이다. 그렇지만 한편으로는 생물다양성의 보존을 위해서 그런 마음과 감성을 어느 선에서 제약하는 것도 반드시 필요하다.

2009년 2월 말에야 한국의 반달곰 복원 사업은 고비를 넘길 수 있었다. 2005년에 자연으로 나간 반달곰들이 4년이 흐르는 동안 성장해 야생에서 새끼를 친 것이다. 연구원들은 곰들이 겨울잠을 자

동물원에서 판다를 보고 일상으로 돌아간 뒤 우리는 무엇을 생각해야 할까.

는 굴을 발견했고, 그곳에 마이크를 들이밀어 혹시 새끼 곰 소리가 나는지 확인했다. 새끼 곰이 젖을 달라고 보채는 소리가 마이크를 타고 들린 순간, 모든 연구원이 감격했을 것이다. 몇 년간 반복된 노력 끝에 반달곰이 지리산에 자리 잡고 꾸준히 야생에서 살아가는 방법을 터득했다는 뜻이었다. 그것뿐만 아니라 그때부터는 지리산에서 태어난 새로운 세대의 곰들이 지리산을 자신의 터전으로 여기면서 자라나게 되었다.

이후 10여 년의 세월이 흐르는 동안 지리산 야생에서 태어난 반달곰 숫자는 더욱 늘어났다. 지원과 투자가 꾸준히 이어지면 충실한 성과로 이어진다는 사실을 한국의 반달곰도 판다 못지않게 잘 보여주었다. 2020년대에 들어와서는 야생에서 태어난 반달곰이 자라 다시 새끼를 치고, 그 새끼가 다시 새끼를 친 사례도 발견되었다. 처음 사업을 시작한 뒤로 20여 년 동안 노력이 이어진 지금, 지리산에는 80마리에 가까운 반달곰이 자리를 잡고 살고 있다. 이 정도면 지리산 지역의 크기를 고려할 때 적은 숫자가 아니다. 앞으로는 반달곰의 숫자를 늘리기 위한 노력보다는 반달곰이 안전하게 살면서 우산종 역할을 충실히 하도록 관리하는 새로운 단계의 사업을 진행해야 한다는 의견이 나올 정도다.

쓰촨성의 판다는 1800마리로 늘어났지만, 여전히 귀중한 동물로 관리되며 큰 관심과 투자를 받고 있다. 지리산 반달곰은 80마리라는 숫자에서 이제 멈춰야 한다는 의견도 고려될 수밖에 없는 상황이다. 둘을 견주어보면 기분이 이상해진다. 그리고 1800과 80이라는 전혀 다른 숫자에 포함된 그 복잡한 사연을 여러 가지로 생각하게 된다. 나는 그 숫자의 차이만큼, 자연을 보호하고 생명을 지켜나간다는 것은 고민할 점이 많은 문제임을 말하고 싶다. 서로 다른 목표를 지닌 과제와 서로 다른 의미로 해석될 수 있는 자료들 틈에서 환경을 위해 좋은 일이 무엇인지 밝혀 나가는 일에는 결코 쉬운 답이 미리 정해져 있지는 않은 것 같다. 기후변화에서 인구 감소까지, 과거에 경험하지 못했던 세상의 변화가 낯선 만큼, 더 깊은 연구와 더 넓은 고려에, 더 많은 사람의 관심이 필요하다. 그 깊고 넓고 많은 생각이 환경을 위한 더 좋은 노력으로 이어질 것이다.

판다가 복잡한 생각 없이 뒹굴며 노는 모습을 볼 때, 그냥 나도 복잡한 고민도 없고 별 심각한 생각도 없어지면 좋겠다는 마음이 드는 것은 귀중하다. 그 마음 편한 즐거움 또한 잠깐 동안만이라도 그대로 내 정신 속에도 왔다 가면 좋겠다고 바랄 만한 판다 정신이다. 때에 따라서는 그런 휴식이 삶을 살아가는 데 힘을 더해 주고, 마음을 추스리게 해주는 응원이 된다.

그러나 산속에 사는 연구원이든 동물원에서 판다를 쳐다보는 관람객이든, 사람은 판다 앞에 있다가도 결국 시간이 지나면 다시 걸음을 돌려야 한다. 고민도 많고 생각도 많아질 수밖에 없는 사람의 세상 속으로 다시 돌아가야 한다. 그때 판다에게 받은 응원만큼, 용기를 내어 자연과 환경에 대해 좀 더 복잡한 생각을 더 자주, 더 많이 해볼 수 있게 된다면, 나는 그것이 쉽게 얻을 수 없는 무척 좋은 계기를 발견하는 일이라고 생각한다. 그 또한 판다에게서 우리의 정신이 얻을 수 있는 소중한 도움이라고 본다.

에필로그

판다 정신을 돌아보며

세상에는 동물원을 슬픈 공간으로 여기는 사람들도 있다. 동물원이라는 공간의 성격을 따질 때 사람이 구경거리로 삼기 위해 붙잡아온 동물들이 갇혀 있는 곳이라는 점을 무시할 수 없다고 보기 때문이다. 특히 동물원 바깥에 있을 때 훨씬 더 넓은 공간에서 많은 행동을 할 수 있는 동물이 만약 동물원이라는 좁은 공간에서 살고 있다면, 그 동물의 처지를 사람의 기준으로 상상하며 불쌍하게 생각하는 것은 어찌 보면 당연하다. 과연 동물들을 이렇게 대해도 되는 걸까? 고작 사람들이 신기하다고 손가락질하며 구경하는 정도로 활용하기 위해서?

판다는 이런 문제의 대답으로 활용되기도 한다. 동물원에 있는 동물들에 대한 부정적인 인식을 극복하기 위해 판다와 동물원의 관계에 관한 이야기를 긍정적인 장점으로 제안하는 사람들이 있기 때문이다. 멸종위기를 겪으며 점차 사라져 가던 판다를 보호하기 위해 사람의 관리 아래에 판다를 기르기 위해서는 동물원이 필요하다. 그리고 실제로 동물원에서 많은 판다를 기르고 새끼를 낳게 하면서 판다의 숫자는 불어났고 보존에 도움이 되었다. 판다를 보며 귀엽다고 생각하는 대중들에게 판다가 자연 보호에 관심을 갖게 되는 갖는 계기가 되었다는 점도 무시할 수 없는 중요한 효과다.

그뿐만 아니라 판다라는 동물의 습성에 대해서도 훨씬 더 많은 지식을 얻은 것도 큰 소득이다. 이런 지식은 판다를 보호하고 나아가 판다가 사는 자연환경을 보호하는 데에도 도움이 되었다. 좀 더 넓게 보면, 판다라는 동물과 레서판다나 곰과의 관계에 대한 연구라든가, 판다의 소화 능력에 대한 연구는 생물의 진화를 연구하는 데에도 중요한 자료가 되었다. 진화는 현대 생물학의 밑바탕으로 지구의 모든 생명체가 사실은 다들 친척 관계이며, 생명의 적응과 경쟁과 협력 사이에서 이토록 풍부한 다양성이 나타났다는 놀라운 이야기를 들려준다. 바로 그 이야기를 우리가 이해하는 데에 판다들을 가까이에서 관찰하는 작업이 도움이 되었다는 뜻이다.

나는 판다에 관한 이런 경험들이 동물원의 역할과 사회에서 공동으로 관리하는 동물에 대한 시각을 따지는 문제에서도 무엇인가 일깨우는 바가 있다고 생각한다. 그러니까 동물을 그저 깜찍한 장식품처럼 여기거나 내 감정을 즐겁게 해주는 수단으로 보는 시각을 넘어서서, 자연 보호 활동의 대상이자 자연을 더 깊게 이해할 수 있는 연구 대상 그리고 생태계 보전에 대한 대중의 관심을 끌어낼 수 있는 대상으로 생각할 필요가 있다. 나는 이러한 생각 또한 판다 정신이라고 이야기해 보고 싶다.

판다는 혼자 살아도 외로워하지 않는다. 높은 산을 끝없이 오르내리며 지내면서도 어영부영 노는 것 같은 태도를 항상 유지한다. 몸에는 그렇게 딱 맞지도 않는 척박한 대나무를 끝없이 먹으면서도 즐겁게 적응하고, 그러다 보니 사람들 사이에 불리는 이름도 이상해

지고, 손가락도 하나가 더 생겨나 특이한 모양이 되었다. 그러나 개의치 않고 살아간다. 그렇게 살아간 결과 멸종위기를 극복했고, 무섭게 보일 수 있는 커다란 덩치이면서도 매력적인 모습으로, 역사에도 중요한 순간으로 남은 외교 활동에서 큰 역할을 하기까지 했다.

사람의 세상에서는 연봉이 얼마인지 비교하면서 누가 이겼는지 졌는지를 다투고, 누구는 뭘 얼마나 가졌는지 어디에 얼마만 한 크기의 집에서 사는지로 성공과 실패를 따지고, 사람의 성격을 16가지로 나누어 그 중의 일등 성격과 꼴등 성격을 매겨놓는 것이 놀잇거리가 되어있다. 이런 세상에 살면서, 판다 같은 동물을 보며 저 동물은 도대체 무슨 정신으로 저렇게 사는 것인지 이런저런 이야기를 떠올려 보는 것은, 생태계에 대한 고민뿐만 아니라 사람이라는 동물의 삶에 대한 고민에도 괜찮은 대답이 될 수 있지 않을까.

참고문헌

PART1 •• 판다는 계속해서 움직인다

권기정. "한국 연안 점박이물범 연해주~발해만 이동 확인." 경향신문, 14/JAN/2014 (2014).

김의경 등. "도심권 국립공원 멧돼지 서식실태조사 연구." 국립공원공단 국립공원연구원 연구 보고서, NPRI 2022-16 (2022).

김채현. ""초식동물인 줄 알았던 판다, 고기 먹다가 딱 걸렸다."" 서울신문, 02/DEC/2021 (2021).

연합뉴스 편집부. ""추위가 앞당긴 겨울잠…" "반달가슴곰 벌써 동면 채비"" 연합뉴스, 17/DEC/2017 (2017).

이제현, 김철희 등(번역). "촉도(蜀道)." 익재난고 제1권 / 시(詩) 한국고전종합DB 수록, 1970년 번역판.

Devlin, Hannah. "Hard to bear: pandas poorly adapted for digesting bamboo, scientists find." The Guardian, 19/MAY/2015 (2015).

Han, H. A. N., Wei Wei, Yonggang Nie, Wenliang Zhou, Yibo Hu, Qi Wu, and Fuwen Wei. "Distinctive diet-tissue isotopic discrimination factors derived from the exclusive bamboo-eating giant panda." Integrative Zoology 11, no. 6 (2016): 447-456.

Nie, Yonggang, John R. Speakman, Qi Wu, Chenglin Zhang, Yibo Hu, Maohua

Xia, Li Yan et al. "Exceptionally low daily energy expenditure in the bamboo-eating giant panda." Science 349, no. 6244 (2015): 171-174.

Wang, Meng, Yong-Gang Nie, Ronald R. Swaisgood, Wei Wei, Wen-Liang Zhou, Ze-Jun Zhang, Gui-Ming Wang, and Fu-Wen Wei. "Stable seasonal migration patterns in giant pandas." Zoological Research 44, no. 2 (2023): 341.

Wei, F., Z. Feng, Z. Wang, and M. Li. "Feeding strategy and resource partitioning between giant and red pandas." (1999): 417-430.

Zeng, Ying, Han Han, Yihua Gong, Shibu Qubi, Minghua Chen, Lan Qiu, Youyou Huang, Hong Zhou, and Wei Wei. "Feeding habits and foraging patch selection strategy of the giant panda in the Meigu Dafengding National Nature Reserve, Sichuan Province, China." Environmental Science and Pollution Research 30, no. 17 (2023): 49125-49135.

Zhou, Wenliang, Shilong Yang, Bowen Li, Yonggang Nie, Anna Luo, Guangping Huang, Xuefeng Liu, Ren Lai, and Fuwen Wei. "Why wild giant pandas frequently roll in horse manure." Proceedings of the National Academy of Sciences 117, no. 51 (2020): 32493-32498.

PART2 · · 판다는 손이 부족해도 어떻게든 버틴다

곽재식. "곽재식의 아파트 생물학." 북트리거, 10/SEP/2021 (2021).

국사편찬위원회. "신편 한국사 〉 고대 〉 02권 구석기 문화와 신석기 문화 〉 Ⅱ.신석기문화 〉 3. 신석기시대의 생업과 사회 〉 2) 사회 〉 (4) 의식주." 신편 한국사, 52권, 국사편찬위원회. 1993~2002 (2002).

김명진, 김은정, and 정봉구. "전곡리 구석기 유적 절대연대측정의 현황 및 제언." 한국구석기학보 1, no. 44 (2021): 5-39.

대니얼 리버먼, 김명주(번역). "우리 몸 연대기." 웅진지식하우스, 25/MAY/2018 (2018).

사라 에버츠, 김성훈(번역). "땀의 과학." 한국경제신문, 07/JUL/2022 (2022).

스티븐 제이 굴드, 김동광(번역). "판다의 엄지." 사이언스북스, 20/MAY/2016 (2016).
유용욱, 김형준, 김민수, and 김진울. "충남대학교 박물관 소장 전곡리 석기들의 고찰." 한국구석기학보 (2022): 5-37.
이명호. "고양이 유기 증가… 동물등록제 포함해야." 중부일보, 10/MAY/2023 (2023).
이상희. "우리는 어떻게 우리가 되었을까?." 우리학교, 01/DEC/2021 (2021).
이상희. "인류의 진화." 동아시아, 30/JUN/2023 (2023).
이선복. "전곡리 유적의 연대와 퇴적층의 성격." 고고학지 17 (2011): 9-27.
이훈범. "[이훈범의 문명기행-한류의 기원을 찾아서 8] 동아시아 명예를 회복시킨 한반도 '주먹도끼'_ 인도 동쪽으로는 만들지 못했다는 잘못된 가설을 깨부수다." 월간중앙 (2023): 244-251.
채성진. "전곡리 구석기 발견한 미상병 고고학자 되어 한국 찾았다." 조선일보, 04/MAY/2005 (2005).
Lapakko, David. "Communication is 93% nonverbal: An urban legend proliferates." Communication and Theater Association of Minnesota Journal 34, no. 1 (2007): 2.
Russell, James A., and Albert Mehrabian. "Evidence for a three-factor theory of emotions." Journal of research in Personality 11, no. 3 (1977): 273-294.

PART3 ·· 판다는 자기가 좋아하는 맛을 즐기는 데 집중한다

곽재식. "곽재식의 세균 박람회." 김영사, 21/FEB/2020 (2020).
곽재식. "곽재식의 먹는 화학 이야기." 북바이북, 01/AUG/2022 (2022).
손진호. "[손진호 어문기자의 말글 나들이] 막창과 곱창." 동아일보, 24/MAY/2016 (2016).
이상석. "반추위 미생물에 미치는 생균제의 역할." 종축개량 12, no. 8 (2007): 85-90.
조홍섭. "판다가 대나무만 먹고도 통통한 이유, '장내세균'에 물어봐." 한겨레신문, 19/JAN/2022 (2022).
Deng, Feilong, Chengdong Wang, Desheng Li, Yunjuan Peng, Linhua Deng, Yunxiang Zhao, Zhihao Zhang et al. "The unique gut microbiome of giant pandas involved in protein metabolism contributes to the host's dietary

adaption to bamboo." Microbiome 11, no. 1 (2023): 180.

Dierenfeld, E. S., H. F. Hintz, J. B. Robertson, P. J. Van Soest, and O. T. Oftedal. "Utilization of bamboo by the giant panda." The Journal of nutrition 112, no. 4 (1982): 636-641.

Huang, Guangping, Le Wang, Jian Li, Rong Hou, Meng Wang, Zhilin Wang, Qingyue Qu et al. "Seasonal shift of the gut microbiome synchronizes host peripheral circadian rhythm for physiological adaptation to a low-fat diet in the giant panda." Cell Reports 38, no. 3 (2022).

Senshu, Tatsudo, Akie Ohya, Keiko Ide, Junko Mikogai, Michiyo Morita, Tatsuko Nakao, Kohji Imazu et al. "Studies on the digestion in the Giant Panda, Ailuropoda melanoleuca, fed feedstuffs including bamboo." Mammal Study 32, no. 4 (2007): 139-149.

He, Ka, Shufa Du, Pengcheng Xun, Sangita Sharma, Huijun Wang, Fengying Zhai, and Barry Popkin. "Consumption of monosodium glutamate in relation to incidence of overweight in Chinese adults: China Health and Nutrition Survey (CHNS)." The American journal of clinical nutrition 93, no. 6 (2011): 1328-1336.

Xue, Zhengsheng, Wenping Zhang, Linghua Wang, Rong Hou, Menghui Zhang, Lisong Fei, Xiaojun Zhang et al. "The bamboo-eating giant panda harbors a carnivore-like gut microbiota, with excessive seasonal variations." MBio 6, no. 3 (2015): e00022-15.

Zhao, Huabin, Jian-Rong Yang, Huailiang Xu, and Jianzhi Zhang. "Pseudogenization of the umami taste receptor gene Tas1r1 in the giant panda coincided with its dietary switch to bamboo." Molecular biology and evolution 27, no. 12 (2010): 2669-2673.

PART4 · · 판다는 혼자서도 잘 산다

고경태. "후기 구석기 아이의 추락 위기 [본헌터⑱]." 한겨레신문, 07/JAN/2024 (2024).

김홍배, 양개, 조우연. "遼東 公孫氏 정권과 고구려 관계 略述." 고구려발해연구 64 (2019): 171-187.

박승범. "고구려와 중국의 초기 使臣往來 기사 분석: 漢·魏·吳를 중심으로." 신라사학보 44 (2018): 73-109.

이융조. "두루봉 연구 30년." 선사와 고대 25 (2006): 35-78.

이융조, 조태섭. "두루봉 제 2 굴 출토 동물상을 통해 본 자연환경 분석연구." 역사와실학 14 (2000): 615-633.

이융조. "'청주'로 새로 태어나는 주요 선사유적의 조사와 연구의 전개." 중원문화연구 22 (2014): 1-58.

충북대학교 박물관. "소장유물 [매장문화재] 동굴곰." 충북대학교 박물관 홈페이지. 14/JAN/2010 (2010).

Figueirido, Borja, Paul Palmqvist, Juan A. Pérez-Claros, and Wei Dong. "Cranial shape transformation in the evolution of the giant panda (Ailuropoda melanoleuca)." Naturwissenschaften 98 (2011): 107-116.

Hofreiter, Michael, Gernot Rabeder, Viviane Jaenicke-Després, Gerhard Withalm, Doris Nagel, Maja Paunovic, Gordana Jambrěsić, and Svante Pääbo. "Evidence for reproductive isolation between cave bear populations." Current biology 14, no. 1 (2004): 40-43.

Jin, Changzhu, Russell L. Ciochon, Wei Dong, Robert M. Hunt Jr, Jinyi Liu, Marc Jaeger, and Qizhi Zhu. "The first skull of the earliest giant panda." Proceedings of the National Academy of Sciences 104, no. 26 (2007): 10932-10937.

Owen, Megan A., Ronald R. Swaisgood, Laura McGeehan, Xiaoping Zhou, and Donald G. Lindburg. "Dynamics of male-female multimodal signaling behavior across the estrous cycle in giant pandas (Ailuropoda melanoleuca)." Ethology 119, no. 10 (2013): 869-880.

Pacher, Martina, and Anthony J. Stuart. "Extinction chronology and palaeobiology of the cave bear (Ursus spelaeus)." Boreas 38, no. 2 (2009): 189-206.

Stiller, Mathias, Gennady Baryshnikov, Hervé Bocherens, Aurora Grandal d'Anglade, Brigitte Hilpert, Susanne C. Münzel, Ron Pinhasi et al.

"Withering away—25,000 years of genetic decline preceded cave bear extinction." Molecular biology and evolution 27, no. 5 (2010): 975–978.

Stiner, Mary C. "Cave bear ecology and interactions with Pleistocene humans." Ursus (1999): 41–58.

Swaisgood, Ronald R., Xiaoping Zhou, Gwiquan Zhang, Donald G. Lindburg, and Hemin Zhang. "Application of behavioral knowledge to conservation in the giant panda." International journal of comparative psychology 16, no. 2 (2003).

Zhang, Guiquan, Hemin Zhang, Meng Chen, Tingmei He, Rongping Wei, and Susan A. Mainka. "Growth and development of infant giant pandas (Ailuropoda melanoleuca) at the Wolong Reserve, China." Zoo Biology: Published in affiliation with the American Zoo and Aquarium Association 15, no. 1 (1996): 13–19.

Zhang, Mingchun, Zhizhong Zhang, Zhong Li, Mingsheng Hong, Xiaoping Zhou, Shiqiang Zhou, Jindong Zhang, Vanessa Hull, Jinyan Huang, and Hemin Zhang. "Giant panda foraging and movement patterns in response to bamboo shoot growth." Environmental Science and Pollution Research 25 (2018): 8636–8643.

PART5 ·· 판다는 싸움을 말린다

김근식. "3차 핵실험과 북한의 대외전략 변화: 대북정책의 고민과 과제." 입법과 정책 5, no. 1 (2013): 171–198.

김영은. "“푸바오 유지비 15억원?” 사실은… 판다효과 상상초월[판다의 정치경제학②]." 한경BUSINESS, 30/JUL/2023 (2023).

김유진. "98년 협력동반자관계 격상… 박근혜 열병식 참석·문재인 ‘안미경중’." 문화일보. 28/DEC/2022 (2022).

김재철. "북한의 3차 핵실험 이후 한국의 안보적 대응방향." 군사발전연구 7, no. 2 (2013): 50–69.

대한뉴스. "한중 수교 30주년…대중 수출 160배 증가." KTV, 대한뉴스, 24/AUG/(2022).

대한무역투자진흥공사. "2022년 1~3분기 북한의 중국 무역 동향." 대한무역투자진흥공사 보도자료, 5/JAL/2023 (2023).

모종혁. "용인에서 태어난 쌍둥이 판다에 대륙이 환호하는 까닭." 시사저널, 23/JUL/2023 (2023).

배진영. "수교 30주년, 韓中 관계를 다시 생각한다. 남종호 교수에게 듣는 韓中수교 비화." 월간조선, AUG/2022 (2022).

배진영. "韓中수교 22주년 특별기고 숨은 주역 張致赫 前 고합회장이 털어놓은 비화 덩샤오핑을 감격케 한 노태우 대통령의 친서." SEP/2014 (2014).

양선아. "푸바오 동생 이름 후보 '4강' 압축…투표해바오!" 한겨레신문, 25/SEP/2023 (2023).

이영섭. "이수(異獸)에서 국보(國寶) 사이의 잊혀진 사슬-판다(Panda) 붐과 판다외교의 탄생 및 변천." 외국학연구 49 (2019): 281-314.

이윤정. "'푸바오 할부지'에게 듣는 '판다 가족 이야기' "은근하게 스며들기, 이 작전이 통했죠"." 경향신문, 24/FEB/2024 (2024).

장한별. "'누리호' 이름 지은 경상국립대학교 대학원 백승엽 씨, "내년에는 성공적으로 임무를 완수할 수 있을 것"." 한국강사신문, 26/OCT/2021 (2021).

최고야. ""반갑다, 아이바오-러바오"… 특별기로 한국 온 '보물 판다'." 동아일보, 04/MAR/2016 (2016).

최창근. "[수교 30주년, 韓中 관계를 다시 생각한다] 대만과의 斷交, 다시 부상하는 대만." 월간조선, AUG/2022 (2022).

SBS TV동물농장x애니멀봐 공식 유튜브 채널입니다!. "[신동물 x-세대 :그때 그 동물 ep.3] 1세대 판다." SBS TV동물농장x애니멀봐 공식 유튜브 채널입니다!, 28/SEP/2023 (2023).

Associated Press. "The last panda in Latin America? Mexico to decide what happens next." NBC NEWS, 19/NOV/2022 (2022).

Buckingham, Kathleen Carmel, Jonathan Neil William David, and Paul Jepson. "Environmental reviews and case studies: diplomats and refugees: panda diplomacy, soft "cuddly" power, and the new trajectory in panda conservation." Environmental Practice 15, no. 3 (2013): 262-270.

Hartig, Falk. "Panda diplomacy: The cutest part of China's public diplomacy." The Hague Journal of Diplomacy 8, no. 1 (2013): 49–78.

Lynn, Bryan. "Panda in Mexico Is Last Survivor in Latin America." Voice of America Learning English, 23/NOV/2022 (2022).

SÁnchez, Fabiola. "Down to its last panda, Mexico ponders what could come next." Associated Press, LOS ANGELES TIMES, 17/NOV/2022 (2022).

Strochlic, Nina. "Meet Mexico's 'forgotten panda.' She's the last of her kind." National Geographic, 29/MAR/2023 (2023).

PART6 · · 판다는 남의 아류 취급을 받았지만 결국 주류가 된다

곽재식. "불가살이 콘텐츠 속 괴물의 형상과 맥 설화와의 관계 연구." 인문콘텐츠 69 (2023): 9–26.

김태욱, 오홍식, 김영호, 장민호, 박수곤. "야생동물: 한라산 일대에 서식하는 오소리 (Meles meles) 현황." 한국환경생태학회 학술발표논문집 2010, no. 1 (2010): 139–141.

두산백과. "오소리." 두산백과 두피디아 네이버 지식백과판.

두산백과. "너구리." 두산백과 두피디아 네이버 지식백과판.

두산백과. "미국너구리." 두산백과 두피디아 네이버 지식백과판.

배운익 등. "식약용 오소리 대량 인공증식 기술개발." 임업연구원 보고서, TRKO200200020128, NOV/1997 (1997).

성해응. "貘." 연경재전집 〉 研經齋全集外集卷六十七 〉 雜綴類○燕中雜錄, 한국고전종합 DB 판.

최태영, 이상규, 우동걸. "원격무선추적과 카메라트래핑을 이용한 오소리의 공간이용 특성 연구: 행동권과 동면굴 이용을 중심으로." 한국지적정보학회지 21, no. 3 (2019): 151–163.

樊静. "猫熊" 变 "熊猫." 中国科技术语 7, no. 02 (2005): 19.

同号文, 刘金毅, 韩立刚. "安徽繁昌早更新世貘类化石 (奇蹄目, 哺乳纲)." 科学通报 46, no. 21 (2001): 1817–1821.

贞邹. "海峡两岸同素异序词历时考察————以 "熊猫" 和 "猫熊" 为例." Global Chinese 2, no. 2 (2016): 273–288.

Cheng, Zhibin, Xiuhua Tian, Zhenyu Zhong, Pengfei Li, Daming Sun, Jiade Bai, Yuping Meng et al. "Reintroduction, distribution, population dynamics and conservation of a species formerly extinct in the wild: A review of thirty-five years of successful Milu (Elaphurus davidianus) reintroduction in China." Global Ecology and Conservation 31 (2021): e01860.

Dayuan, Xue, Zhang Yuanyuan, Cheng Zhibin, Zhong Zhenyu, Cao Ming, Fu Mengdi, Bai Jiade, and Yuan Xuejiao. "Père David's deer (Elaphurus davidianus) in China: population dynamics and challenges." Journal of Resources and Ecology 13, no. 1 (2022): 41–50.

Harper, Donald. "The cultural history of the giant panda (Ailuropoda melanoleuca) in early China." Early China 35, no. 36 (2013): 2012–13.

O'brien, Stephen J., William G. Nash, David E. Wildt, Mitchell E. Bush, and Raoul E. Benveniste. "A molecular solution to the riddle of the giant panda's phylogeny." Nature 317, no. 6033 (1985): 140–144.

T'i, Wei Peh. "THROUGH HISTORICAL RECORDS AND ANCIENT WRITINGS IN SEARCH OF THE GIANT PANADA." Journal of the Hong Kong Branch of the Royal Asiatic Society (1988): 34–43.

PART7 · · 판다는 살아남는다

경향신문 편집부. "雪嶽山(설악산)이 울었다 반달곰의 죽음을 보고." 경향신문, 3면 23/MAY/1983 (1983).

곽재식. "곽재식의 도시 탐구." 아라크네, 15/NOV/2022 (2022).

곽재식. "우리가 과학을 사랑하는 법.", 여치 (그림)위즈덤하우스, 16/AUG/2019 (2019).

국립공원공단. "반달가슴곰 복원의의." 국립공원공단 국립공원야생생물보전원 홈페이지, 야생생물보전원 복원프로젝트 반달가슴곰.

남종영. "[단독] 지리산반달곰, '통제' 대상에서 '존중' 대상 됐다." 한겨레신문, 03/

JUN/2022 (2022).
신원섭 등. "2016 산림기본통계." 산림청, OCT/2016 (2016)
연합뉴스 편집부. "지리산 반달곰 방사부터 출산까지." 연합뉴스, 08/MAR/2009 (2009).
윤순옥, 황상일. "경주 성건동 화분분석과 왕경지역 고환경변화." 지질학회지 47, no. 5 (2011): 513-525.
이종석. "[토요판 커버스토리] 반달가슴곰 복원 프로젝트 10년." 동아일보, 04/OCT/2014 (2014).
황상일, 윤순옥. "자연재해와 인위적 환경변화가 통일신라 붕괴에 미친 영향." 한국지역지리학회지 19, no. 4 (2013): 580-599.
히어로콘텐츠팀. "산은 원래 곰들의 땅…더불어 산다." 동아일보, 18/DEC/2021 (2021).
히어로콘텐츠팀. "두려움이 익숙함으로…곰과 함께 산다는 것[동행: 그렇게 같이 살기로 했다]." 동아일보, 17/DEC/2021 (2021).
Akinsorotan, Oluseun A., Oluwatobi E. Olaniyi, Ayomide A. Adeyemi, and Adeola H. Olasunkanmi. "Corona virus pandemic: Implication on biodiversity conservation." Frontiers in Water 3 (2021): 635529.
Dai, Yunchuan, Heqing Huang, Yu Qing, Jiatong Li, and Dayong Li. "Ecological response of an umbrella species to changing climate and land use: Habitat conservation for Asiatic black bear in the Sichuan-Chongqing Region, Southwestern China." Ecology and Evolution 13, no. 6 (2023): e10222.
Morovati, Maryam, Peyman Karami, and Fatemeh Bahadori Amjas. "Accessing habitat suitability and connectivity for the westernmost population of Asian black bear (Ursus thibetanus gedrosianus, Blanford, 1877) based on climate changes scenarios in Iran." Plos one 15, no. 11 (2020): e0242432.
Koike, Shinsuke, Takashi Masaki, Yui Nemoto, Chinatsu Kozakai, Koji Yamazaki, Shinsuke Kasai, Ami Nakajima, and Koichi Kaji. "Estimate of the seed shadow created by the Asiatic black bear Ursus thibetanus and its characteristics as a seed disperser in Japanese cool-temperate forest." Oikos 120, no. 2 (2011): 280-290.
Qureshi, Jawaid Ahmed, Muhammad Asif Qureshi, and Syed Mir Muhammad

Shah. "WWF'S green marketing strategy and challenges in the developing countries: The case of Pakistan." International Journal of Arts & Sciences 10, no. 1 (2017): 137–149.

Stack, Liam. "The Giant Panda Is No Longer Endangered. It's 'Vulnerable.'." THE NEW YORK TIMES, 6/SEP/2016 (2016).

Terraube, Julien, and Álvaro Fernández-Llamazares. "Strengthening protected areas to halt biodiversity loss and mitigate pandemic risks." Current Opinion in Environmental Sustainability 46 (2020): 35–38.

Wang, Fang, Julie Winkler, Andres Vina, William Joseph McShea, Sheng Li, Thomas Connor, Zhiqiang Zhao et al. "The hidden risk of using umbrella species as conservation surrogates: A spatio-temporal approach." Biological Conservation 253 (2021): 108913.

Zhang, Chao, Ren Zhu, Xiaoyun Sui, Kang Chen, Bing Li, and Yifeng Chen. "Ecological use of vertebrate surrogate species in ecosystem conservation." Global Ecology and Conservation 24 (2020): e01344.

사진 출처

4쪽 unsplash, bruce hongnsplash, Lukas W | 13쪽 istock, LeeYiuTung / unsplash, bruce hong | 14쪽 istock, kynny | 18쪽 pixabay, ayoubBoni | 20쪽 unsplash, Ruiqi Kong | 22쪽 istock, illionaire | 27쪽 스미스소니언 국립 자연사 박물관(https://naturalhistory.si.edu) | 34쪽 pixabay, Colin Guan | 44쪽 istock, Foreverhappy_Mee | 48쪽 pixabay, YoannS | 50쪽 unsplash, billow926 | 57쪽 스미스소니언 국립 자연사 박물관(https://naturalhistory.si.edu) | 65쪽 unsplash, shiyang xu | 72쪽 pixabay, Alois Wonaschütz | 86쪽 pixabay, orythys | 91쪽 pixabay, Nick115 | 92쪽 스미스소니언 국립 자연사 박물관(https://naturalhistory.si.edu) | 98쪽 istock, shutrbugg | 102쪽 pixabay, StockSnap | 104쪽 pixabay, Colin Guan | 111쪽 unsplash, Sid Balachandran | 119쪽 pixabay, thuyhugens | 126쪽 unsplash, Yu Wang | 138쪽 istock, Ian Hromada | 146쪽 세계자연기금 한국본부(https://www.wwfkorea.or.kr), Brad Josephs | 151쪽 unsplash, Lien Pham | 156쪽 istock, KoSei | 170쪽 pixabay, Pexels | 181쪽 pixabay, Arthur Pazo | 188쪽 unsplash, Jiachen Lin | 193쪽 세계자연기금 한국본부(https://www.wwfkorea.or.kr) | 207쪽 pixabay, John Leong | 220쪽 unsplash, bruce hong | 224쪽 unsplash, Jiachen Lin

판다 정신

초판 1쇄 인쇄 2024년 3월 21일
초판 1쇄 발행 2024년 3월 29일

지은이 | 곽재식

발행인 | 박재호
주간 | 김선경
편집팀 | 강혜진, 허지희
마케팅팀 | 김용범
총무팀 | 김명숙

디자인 | FirstRow
일러스트 | 방윤희
교정교열 | 김선례
종이 | 세종페이퍼
인쇄 · 제본 | 한영문화사

발행처 | 생각정원
출판신고 | 제25100-2011-000320호
주소 | 서울시 마포구 양화로 156(동교동) LG팰리스 814호
전화 | 02-334-7932 **팩스** | 02-334-7933
전자우편 | 3347932@gmail.com

ISBN 979-11-93811-11-5 (03810)